Top 10+

Capodopere ale literaturii de pretutindeni
într-o colecţie a celor mai îndrăgite bestselleruri.

Truman Capote, *Breakfast at Tiffany's*

Foto copertă: Entertainmentpictures.com/Northfoto

www.polirom.ro

Editura POLIROM
Iași, B-dul Carol I nr. 4 ; P.O. BOX 266, 700506
București, Splaiul Unirii nr. 6, bl. B3A, sc. 1, et. 1, sector 4, 040031, O.P. 53, C.P. 15-728

Descrierea CIP a Bibliotecii Naționale a României :

CAPOTE, TRUMAN

Mic dejun la Tiffany/Truman Capote ; trad. de Constantin Popescu. – Iași : Polirom, 2012

ISBN 978-973-46-3197-1

I. Popescu, Constantin (trad.)

821.111(73)-31=135.1

Printed in ROMANIA

TRUMAN

CAPOTE

Mic dejun la Tiffany

Traducere din limba engleză
de Constantin Popescu

Nu există distanțe,
atunci când este vorba
de prietenii adevărate!
Nu există distanțe
în suflete! Valentina
dec'13

POLIROM
2012

TRUMAN CAPOTE, pe adevăratul său nume Truman Streckfus Persons, s-a născut la 30 septembrie 1924, la New Orleans şi, după divorţul părinţilor, a fost crescut de familia mamei sale într-un orăşel din Alabama. Când aceasta se recăsătoreşte cu un om de afaceri cubanez, Capote se mută la New York şi adoptă numele tatălui său vitreg. La 17 ani, îşi întrerupe studiile şi se angajează la *The New Yorker*; curând, începe să-şi publice povestirile în prestigioase reviste literare, iar în 1948 îi apare romanul *Alte glasuri, alte încăperi*, care se bucură de un enorm succes şi îl impune în atenţia criticilor ca pe una dintre cele mai mari speranţe ale prozei americane. Dintre cărţile şi piesele de teatru publicate ulterior (*Arborele nopţii şi alte povestiri*, 1949, *Harfa de iarbă*, 1951, *Mic dejun la Tiffany*, 1958, *Cu sânge rece*, 1966, *Muzică pentru cameleoni*, 1980), multe sunt obiectul unor ecranizări celebre, îi consolidează definitiv reputaţia şi, totodată, stilul: o combinaţie irezistibilă de nonconformism, ironie, rafinament psihologic şi complexitate stilistică.

Pentru Jack Dunphy

Am avut întotdeauna nostalgia locurilor unde am trăit cândva, a caselor și a cartierelor acelora. Ca de pildă, o clădire de piatră din zona străzilor 70, în Upper East Side, unde, în anii de la începutul războiului, am avut primul meu apartament la New York. Era o cameră plină de mobilă veche, din aceea care se ține de obicei în pod, o canapea și niște fotolii îmbrăcate în acel soi de catifea roșie care îți dă mâncărime și te duce cu gândul la zilele de caniculă în tren. Pereții de stuc aveau culoarea cafenie a tutunului de mestecat. Pretutindeni, până și în baie, atârnau gravuri cu ruine romane, presărate cu pete ca niște pistrui. Singura fereastră dădea pe o scară de incendiu exterioară. Cu toate astea, eram foarte încântat când simțeam cheia de la apartament în buzunar; în ciuda atmosferei lui apăsătoare, apartamentul era locuința mea, prima de fapt, unde îmi țineam cărțile, borcanele cu creioane boante ce trebuiau ascuțite, toate acele lucruri de care aveam nevoie, credeam eu, pentru a-mi realiza ambițiile de scriitor.

Nu mi-ar fi trecut niciodată prin minte pe vremea aceea să scriu despre Holly Golightly dacă o discuție cu Joe Bell nu mi-ar fi adus-o în minte.

Holly Golightly locuise în aceeași clădire cu mine, în apartamentul de dedesubt. Cât despre Joe Bell, era patronul barului de după colț, de pe Lexington Avenue, și mai e și în ziua de azi. Eu și Holly mergeam acolo de șase, șapte ori pe zi, nu neapărat ca să bem, ci mai ales ca să dăm telefoane; în timpul războiului era greu să-ți instalezi telefon acasă. Pe deasupra, Joe Bell era foarte dispus să primească mesaje pentru ea, lucru care nu era de disprețuit, căci Holly primea o mulțime.

Toate aceste lucruri s-au petrecut, desigur, cu mulți ani în urmă și până săptămâna trecută nu-l mai văzusem pe Joe Bell de ani de zile. Am ținut legătura din când în când și uneori mă opream la barul lui când treceam prin cartier; de fapt, nu fuseserăm niciodată prieteni buni, decât în măsura în care eram amândoi prieteni cu Holly Golightly. Joe Bell nu are o fire plăcută, așa cum recunoaște și el, dând vina pe aciditatea stomacală și pe faptul că e burlac. Toți cei care îl cunosc sunt de acord că e greu de discutat cu el. Are un temperament imposibil, mai ales dacă nu te declari de acord cu ideile lui fixe, dintre care una e Holly; alte idei fixe sunt hocheiul, câinii din rasa Weimaraner, *Fata de duminică* (un serial siropos de la radio, pe care îl ascultă de cincisprezece ani) și Gilbert și Sullivan – susține că ar fi rudă cu unul din ei, nu mai știu cu care.

Așa încât, marțea trecută, când a sunat telefonul și am auzit „Sunt Joe Bell", am fost sigur că e vorba de Holly. Joe n-a intrat direct în subiect, ci s-a mulțumit să spună:

— Poți să te trambalezi până aici? E important.

Vocea lui de broscoi avea o notă de emoție.

Am luat un taxi – ploua cu găleata, era octombrie – și, în drum spre barul lui, m-am gândit că poate aveam s-o revăd pe Holly.

În bar însă nu era decât proprietarul. Localul lui Joe e liniștit în comparație cu altele de pe Lexington Avenue, nu se mândrește cu reclamă de neon și nici cu televizor. Două oglinzi vechi reflectă vremea de afară, iar în dosul barului, într-o nișă, înconjurată de poze cu vedete de hochei, se află în permanență o vază mare cu flori proaspete, pe care Joe le aranjează cu o pedanterie de gospodină; cu asta se ocupa când am intrat în local.

— Desigur, nu m-aș fi gândit nici o clipă să te chem, spuse el aranjând o gladiolă în vază, dacă n-aș fi avut nevoie de părerea ta. O ciudățenie. S-a întâmplat o ciudățenie.

— Ai primit vești de la Holly.

Mângâie o frunză, parcă neștiind ce să răspundă. Joe e un omuleț cu un cap frumos, cu păr alb și sârmos și cu o figură osoasă și lunguiață, pe potriva cuiva mult mai înalt decât el. Pare tot timpul ars de soare; de data asta s-a înroșit și mai rău.

— Greu de spus c-am primit vești de la ea; adică, nu sunt sigur. De-asta am nevoie de părerea ta. Dă-mi voie să-ți pregătesc o băutură. Ceva nou. Se cheamă Îngerul Alb, zise el și amestecă într-un pahar cantități egale de vodcă și gin, fără vermut.

În timp ce beam rezultatul combinației, Joe a rămas în picioare, mestecând o pastilă împotriva acidității stomacale și reflectând la ce avea să-mi spună.

— Îl cunoști pe un anume domn I.Y. Yunioshi? Un domn din Japonia.

— E din California, am răspuns, amintindu-mi perfect de domnul Yunioshi.

E fotograf la o revistă ilustrată și, când l-am cunoscut, locuia în garsoniera de la ultimul etaj al clădirii mele.

— Nu mă încurca. Am vrut doar să știu dacă numele îți spune ceva. Acest domn I.Y. Yunioshi a dat buzna aici aseară. Cred că nu l-am mai văzut de mai bine de doi ani. Unde crezi c-a fost în acești doi ani?

— În Africa.

Joe se opri din ronțăitul pastilei și mă țintui cu privirea.

— De unde știi?

— Dintr-un articol de-al lui Winchell.

Lucru perfect adevărat, de altfel.

Joe deschise sertarul casei de marcat și scoase dinăuntru un plic cafeniu.

— Ia vezi dacă ai citit și asta în Winchell.

În plic erau trei fotografii, cam la fel, făcute însă din unghiuri diferite și înfățișând un negru înalt, delicat, îmbrăcat într-o fustă de stambă și arborând un zâmbet timid, dar mândru, în timp ce ținea la vedere o statuetă ciudată de lemn, un obiect lunguieț care reprezenta un cap de fată cu păr neted și scurt, ca de băiat, cu ochi de lemn lucios, prea mari și oblici pe fața prelungă; avea gura mare, exagerată și cu buze ca ale unui clovn. La prima vedere semăna cu majoritatea sculpturilor primitive; apoi însă nu, căci era leit Holly Golightly, pe cât putea să semene cu ea un lucru întunecat și imobil.

— Ei, ce părere ai? zise Joe, încântat de uimirea mea.

— Seamănă cu ea.

— Ascultă, băiete, spuse el și bătu cu palma în bar, *ea* este. N-am nici cea mai mică îndoială. Stârpitura de japonez a știut că e ea din prima clipă.

— Și unde a văzut-o? În Africa?

— Doar statueta. Dar e același lucru. Citește și tu, spuse el și întoarse una dintre poze.

Pe dos era scris: „Sculptură de lemn. Tribul S. Tococul, East Anglia. Crăciun 1956."

— Uite ce spune japonezul, zise el și-mi povesti ce aflase: în prima zi de Crăciun, domnul Yunioshi trecuse cu aparatul lui de fotografiat prin Tococul, un sat uitat de Dumnezeu și fără nici un farmec, o adunătură de colibe de lut, cu maimuțe prin curți și vulturi hoitari pe acoperișuri. Tocmai se hotărâse să-și vadă de drum, când a zărit brusc un negru ghemuit la intrarea unei colibe, cioplind maimuțe pe un baston. Domnul Yunioshi, plăcut impresionat, i-a cerut negrului să-i arate și alte sculpturi. Drept care i-a fost arătat capul fetei și a simțit, așa cum i-a spus lui Joe Bell, că se afundă pe loc într-un vis. Însă atunci când s-a oferit s-o cumpere, negrul și-a prins părțile rușinoase în căușul palmei (din câte se pare, un gest de mare tandrețe, comparabil cu dusul mâinii la inimă) și a refuzat să vândă sculptura. O livră de sare și zece dolari, un ceas de mână și două livre de sare și douăzeci de dolari, nimic nu l-a putut convinge pe negru. Domnul Yunioshi voia să afle măcar de unde are sculptura. L-a costat toată sarea pe care o avea *și* ceasul, iar întâmplarea i-a fost povestită în africană, într-o engleză stricată și prin semne. Se pare că, în primăvara acelui an, un grup de trei albi apăruse din junglă, călare pe cai: o tânără și doi bărbați; bărbații, ambii cu ochii roșii de febră, au trebuit să stea mai multe săptămâni închiși într-o colibă izolată, tremurând de friguri, în timp ce tânăra, atrasă de sculptor din primul moment, a împărțit rogojina cu el.

— Pe-asta n-o cred, spuse Joe Bell jenat. Știu că Holly are apucăturile ei, dar n-o cred capabilă de așa ceva.

— Și pe urmă?

— Asta-i tot, zise Joe dând din umeri. După o vreme, a plecat așa cum a venit, călare pe cal.

— Singură sau cu cei doi bărbați?

— Cu cei doi bărbați, bănuiesc. Japonezul a întrebat de ea prin toată regiunea. Nimeni însă n-a văzut-o. Dintr-odată, propria mea dezamăgire păru să-l copleșească și pe Joe, dar hotărî să nu se lase biruit. Trebuie să recunoști însă un lucru, e singura știre *precisă* de nu mai știu câți ani, și începu să numere anii pe degete, dar degetele nu-i ajungeau. Sper că e bogată. Neapărat. Trebuie să fii bogat ca să te plimbi prin Africa.

— Probabil că n-a călcat niciodată în Africa, am răspuns eu convins; și totuși mi-o puteam închipui foarte bine acolo, pentru că era un loc unde i-ar fi plăcut să meargă.

Și capul acela sculptat... M-am uitat din nou la fotografii.

— Dacă știi atât de multe, spune-mi unde e Holly, zise Joe.

— A murit. Sau e la balamuc. Poate că s-a măritat, s-a liniștit și e pe undeva aici în oraș.

— Nu, răspunse Joe și reflectă o clipă, după care dădu din cap. Îți spun și de ce. Dacă ar fi fost în oraș, o vedeam până acum. Uite, dacă un om căruia îi place să se plimbe, cineva ca mine, bate străzile zece, doisprezece ani și nu se uită decât după o singură persoană și n-o vede niciodată, nu e clar ca bună ziua că nu-i aici? Văd frânturi din Holly pretutindeni, un dos mic și plat, o siluetă subțirică, mergând repede și hotărât. Se opri, conștient că-l priveam cu mare atenție. Crezi că m-am țicnit?

— Nu, numai că n-am știut că ești îndrăgostit de ea. Nu în halul ăsta.

Mi-a părut rău că i-am spus așa ceva, căci Joe a avut un aer încurcat.

Și-a strâns pozele și le-a pus la loc în plic. M-am uitat la ceas. N-aveam nici o treabă, dar m-am gândit că venise vremea să plec.

— Mai stai o clipă, zise el și mă apucă de încheietura mâinii. Sigur c-am fost îndrăgostit de ea. Dar n-am vrut niciodată să mă ating de ea. Apoi adăugă fără să zâmbească: Nu că nu m-aș fi gândit. Chiar și la vârsta mea, și pe 10 ianuarie fac șaizeci și șapte de ani. E ciudat, dar cu cât îmbătrânesc mai mult, cu atât mai tare mă gândesc la aspectul ăsta. Nu-mi aduc aminte să mă fi gândit atât când eram tânăr. Mă gândesc mai tot timpul. Poate că, pe măsură ce îmbătrânești, devine tot mai greu să traduci gândurile în faptă, poate că de asta îți rămân toate blocate în minte și devin o povară. De câte ori citesc în ziare despre un bătrân care s-a făcut de râs, știu că e din pricina acestei poveri. Eu însă, zise el și dădu pe gât o dușcă de whisky fără apă, n-am să mă fac niciodată de râsul lumii. Și îți jur că ideea nu mi-a trecut prin minte când era vorba de Holly. Poți să fii îndrăgostit de cineva fără să nutrești astfel de gânduri. Ca de un străin, dar un străin care îți e prieten.

Doi tipi au intrat în bar și atunci mi s-a părut c-a venit momentul să plec. Joe m-a condus până la ușă. M-a apucat din nou de mână.

— Crezi ce ți-am spus?

— Că n-ai vrut niciodată să te atingi de ea?

— Nu, despre Africa.

În momentul acela nu-mi mai aminteam toată povestea, ci doar imaginea lui Holly plecând, călare pe cal.

— Oricum, s-a dus.

— Mda, zise el și deschise ușa. Chiar așa, s-a dus.

Ploaia încetase, nu mai rămăsese decât un fel de ceață în aer, așa că am dat colțul străzii și m-am îndreptat spre clădirea de piatră. E o stradă cu copaci care vara aruncă umbre răcoroase pe trotuar; acum însă frunzele se îngălbeniseră, căzuseră și erau alunecoase de la ploaie; îți fugeau sub picioare. Clădirea se găsește pe la jumătatea cvartalului, alături de o biserică în a cărei turlă un orologiu albastru bate orele. Casa nu mai e ca pe vremea când locuiam acolo, a fost renovată; o ușă neagră elegantă a înlocuit vechiul geam mat, iar ferestrele sunt încadrate în obloane cenușii, de bun-gust. Nici unul dintre cei de care-mi amintesc nu mai locuiește în clădire, cu excepția lui madam Sapphia Spanella, o soprană răgușită care se plimba pe patine cu rotile în Central Park. Știu că mai locuiește încă acolo, fiindcă am urcat treptele de la intrare și m-am uitat la cutiile de scrisori. Una dintre aceste cutii mă informase odinioară de existența lui Holly Golightly.

Locuiam în acea casă de vreo săptămână, când am băgat de seamă că, pe cutia poștală a apartamentului nr. 2, spaţiul pentru nume era ocupat de o carte de vizită cam bizară. Cu litere de tipar elegante, pe cartea de vizită se putea citi: *Domnişoara Holly Golightly*, iar în colţul de jos: *Călătoare*. Cuvintele m-au urmărit ca o melodie: *Domnişoara Holly Golightly, Călătoare.*

Într-o noapte, trecuse de ora douăsprezece, m-a trezit vocea domnului Yunioshi care striga de pe scară. Cum locuia la ultimul etaj, vocea îi răsuna în toată clădirea, exasperată şi severă:

— Domnişoară Golightly, protestez cu toată fermitatea!

O voce îi răspunse, înălţându-se de la picioarele scării, un glas tânăr, nostim şi amuzat:

— Scumpule, îmi pare *rău*, am rătăcit blestemata de cheie de la intrare.

— Cu ce drept suni la uşa mea? Te rog, te rog frumos, fă-ţi o cheie.

— Dar le pierd pe toate.

— Eu muncesc şi trebuie să mă odihnesc! strigă domnul Yunioshi. Dumneata suni întruna la uşa mea...

— *Nu* te supăra, *scumpete* mică. *Nu* mai fac. Iar dacă îmi promiți că nu te mai superi – vocea se apropia în timp ce urca scările – s-ar putea să te las să faci fotografiile alea de care am vorbit.

Între timp m-am dat jos din pat și am întredeschis ușa ca să trag cu urechea. Am auzit tăcerea domnului Yunioshi; o tăcere însoțită de o schimbare a ritmului respirației.

— Când? întrebă el.

Fata râse.

— Într-o bună zi, răspunse ea, lungind cuvintele.

— Oricând, zise el și închise ușa.

Am ieșit pe palier și m-am aplecat peste balustradă, ca să pot privi fără să fiu văzut. Holly era pe scară și ajunsese la palierul ei, iar părul ei în toate culorile, tuns băiețește, cu șuvițe arămii, de un blond aproape alb sau galbene, lucea în lumina din hol. Era o seară caldă, aproape de vară, și Holly purta o rochie neagră, strâmtă, sandale negre și un colier de perle la gât. Cu toată silueta ei elegantă, fata avea un aer de om sănătos, care mănâncă zdravăn dimineața, un aspect îngrijit, care te ducea cu gândul la săpun și lămâie, iar în obraji îi stăruia o nuanță trandafirie. Avea o gură mare și nasul în vânt. Ochelarii de soare îi ascundeau ochii. Era un chip care trecuse de vârsta copilăriei, fără a fi devenit însă de femeie. Putea să aibă orice vârstă între șaisprezece și treizeci de ani; așa cum am aflat mai târziu, mai avea două luni până să împlinească nouăsprezece ani.

Nu era singură. Un bărbat o urma pe scară. Felul în care o pipăia pe șold cu mâna lui plinuță mi se părea cu totul nepotrivit; dar nu mi se părea imoral, ci inestetic. Era un bărbat scund și grăsuliu, bronzat la lampa cu ultraviolete și pomădat, îmbrăcat într-un costum scorțos cu dungi și cu o garoafă ofilită la butonieră. Când au ajuns la ușa apartamentului ei, Holly a început să dibuie prin poșetă după cheie, fără să dea vreo atenție buzelor lui groase care i se lipiseră de ceafă. În cele din urmă, găsi cheia și se întoarse spre el cu amabilitate.

— Fii binecuvântat, scumpule, ai fost tare dulce că m-ai condus acasă.

— Hei, fetițo! strigă el, când ușa i se închise în nas.

— Da, Harry?

— Harry era tipul celălalt. Eu sunt Sid. Sid Arbuck. Mă placi.

— Te ador, domnule Arbuck. Dar noapte bună, domnule Arbuck.

Domnul Arbuck privi stupefiat cum i se trântește din nou ușa în nas.

— Hei, fetițo, lasă-mă să intru! Mă placi, fetițo. Toți mă plac. N-am plătit eu masa pentru cinci persoane, toți prieteni *de-ai tăi*, pe care nu i-am văzut în viața mea? Nu-mi dă asta dreptul să mă placi? Mă placi, fetițo.

Bătu ușor la ușă, apoi mai tare; în cele din urmă, se dădu câțiva pași înapoi și se încovoie ca și cum s-ar fi pregătit să ia uşa cu asalt şi s-o spargă. Dar, în loc de asta, dădu buzna în jos pe scări, bătând cu pumnul în pereţi. Când ajunse la parter, uşa de la apartamentul fetei se deschise şi Holly scoase capul:

— Domnule Arbuck?...

Tipul se întoarse şi un zâmbet de uşurare i se întinse pe faţă, ca uleiul; Holly glumise.

— Data viitoare când o fată are nevoie de nişte mărunţiş ca să meargă la toaletă să se pudreze, strigă ea foarte serioasă, ascultă ce-ţi zic, scumpule: nu-i da monede de douăzeci de cenţi.

Şi-a ţinut promisiunea în ce-l priveşte pe domnul Yunioshi; sau aşa mi-am închipuit, căci în zilele următoare a început să sune la uşa mea, uneori la ora două sau la trei sau patru dimineaţa. Puţin îi păsa de ora la care mă scula din somn ca să apăs pe butonul care deschidea uşa de la intrare. Aveam puţini prieteni şi nici unul n-ar fi venit la o astfel de oră, aşa încât ştiam de fiecare dată că e Holly. Prima oară când s-a întâmplat, m-am dus la uşă aşteptându-mă parcă la cine ştie ce telegramă cu veşti proaste, dar domnişoara Golightly mi-a strigat din vestibul:

— Îmi pare rău, scumpule, mi-am uitat cheia.

Fireşte, nu am făcut niciodată cunoştinţă. Deşi, de fapt, pe scară, pe stradă, ne-am tot pomenit faţă în faţă, dar ea părea că nu mă vede. Nu umbla niciodată fără ochelarii de soare, era întotdeauna bine îmbrăcată, era un soi de bun-gust plin de noimă în simplitatea hainelor ei, în nuanţele de albastru şi de gri lipsite de ostentaţie, care o făceau pe ea să strălucească. Ai fi luat-o drept fotomodel sau poate drept o tânără actriţă, numai că era limpede, ţinând seama de orarul ei, că n-avea timp nici de una, nici de alta.

Deseori o vedeam prin alte cartiere. Odată, o rudă m-a invitat la restaurantul 21, iar acolo, la o masă foarte bună, înconjurată de patru bărbați – nici unul dintre ei domnul Arbuck, și totuși semănându-i leit – se afla domnișoara Golightly, pieptănându-se indolent în public. Expresia ei – un căscat abia ascuns – mi-a stricat toată plăcerea de a lua masa într-un restaurant atât de elegant. Într-o altă noapte, prin miezul verii, zăpușeala din cameră m-a gonit pe stradă. Am luat-o pe Third Avenue până la strada 51, unde, în vitrina unui magazin de antichități, se afla un obiect pe care îl admiram: o colivie mare cât un palat, o moschee cu minarete și încăperi de bambus, care abia așteptau să fie umplute cu papagali vorbitori. Dar costa trei sute cincizeci de dolari. În drum spre casă, am văzut în fața crâșmei lui P.J. Clark o adunătură de taximetriști, atrași, se părea, de priveliștea unui grup de ofițeri australieni bine chercheliți, care cântau cu voci de bariton *Waltzing Matilda*. În timp ce cântau, dansau pe rând cu o fată, învârtind-o deasupra trotuarului, pe sub șinele trenului suspendat. Iar fata, bineînțeles domnișoara Golightly, plutea în brațele lor, ușoară ca o eșarfă.

Deși Holly a rămas complet nepăsătoare față de existența mea, cu excepția ajutorului pe care i-l dădeam cu ușa de la intrare, eu în schimb am devenit în acea vară o autoritate în privința existenței ei. Am descoperit astfel, cercetându-i coșul de gunoi din fața ușii, că lecturile ei constau din ziare de scandal, broșuri de călătorie și previziuni astrologice; că fuma o marcă rară de țigări, numită Picayune, că supraviețuia mâncând brânză de vaci și pâine prăjită și că părul ei pestriț era rodul unor inițiative proprii. Tot din coșul de gunoi am mai aflat că primea o puzderie de scrisori de pe front, pe care le rupea în fâșii, ca semnele de carte. Uneori, când treceam pe lângă coș, mai șterpeleam câte un semn de carte. *Adu-ți aminte* și *mi-e dor de tine* și *ploaie* și *te rog, scrie-mi* și *la naiba* și *ce dracu'* reveneau cel mai des pe acele fâșii; astea, precum și *singur* și *dragoste*.

În plus, avea o pisică și cânta la chitară. În zilele când ardea soarele, se spăla pe cap și, împreună cu pisica, un cotoi roșu tigrat, stătea pe scara de incendiu zdrăngănind la chitară cât timp i se usca părul. De câte ori o auzeam, mă duceam la geam și o ascultam în tăcere. Cânta foarte bine și uneori cânta și din gură. Avea un glas răgușit și spart ca al unui adolescent. Știa toate cântecele la modă de pe Broadway, muzica lui Cole Porter și Kurt Weil. Îi plăceau mai ales melodiile din *Oklahoma!*, care erau noi în acea vară și se auzeau pretutindeni. Uneori însă cânta niște melodii de te mirai de unde le-a învățat și te întrebai de unde veneau. Cântece de pribegie, aspre și duioase, care te duceau cu gândul la păduri de pini și prerii. Iată versurile unuia: „Nu vreau să dorm, Nu vreau să mor, Vreau doar să cutreier pe-ntinsul unui nor." Se pare că acest cântec îi plăcea cel mai mult, căci continua să-l fredoneze multă vreme după ce părul i se uscase, soarele apusese și se aprinseseră luminile amurgului.

Între noi lucrurile n-au înaintat deloc până în septembrie, într-o seară când suflau primele adieri reci ale toamnei. Fusesem să văd un film, mă întorsesem acasă și mă vârâsem în pat, cu un pahar de whisky și cu ultimul roman al lui Simenon. Toate astea se încadrau atât de bine în ideea mea despre o seară plăcută, încât mi-a venit greu să înțeleg sentimentul de neliniște care m-a cuprins și a tot continuat să crească, până când am început să-mi aud inima cum bate. Era un sentiment despre care citisem, despre care scrisesem, dar pe care nu-l încercasem niciodată. Sentimentul că sunt pândit. Că în cameră e cineva. Apoi, o bătaie bruscă în geam, o umbră fugară, cenușie și fantomatică. Am vărsat paharul cu whisky. Mi-a trebuit ceva vreme până am reușit să deschid fereastra și s-o întreb pe domnișoara Golightly ce dorește.

— Am un tip absolut groaznic jos, la mine, spuse ea, pășind de pe scara de incendiu în camera mea. Firește, e nostim când nu e beat, dar așteaptă numai să-și bage botul în pileală, sfinte Doamne, *quelle* fiară se face! Nu pot să sufăr bărbații care mușcă. Își lăsă în jos halatul de baie și își dezgoli umărul ca să-mi arate ce se întâmplă când un bărbat mușcă. Nu mai avea nimic pe sub halat. Îmi pare rău că te-am speriat. Dar când fiara a devenit plicticoasă din cale-afară, am ieșit pe fereastră. Cred că-și închipuie că sunt încă la baie, nu că mi-ar păsa ce crede, o să se plictisească și o să adoarmă, așa sper, Dumnezeule, a băut opt pahare de martini înainte de masă și destul vin cât să speli un elefant cu el. Ascultă, poți să mă dai afară dacă vrei. Ce tupeu din partea mea să dau năvală peste tine. Dar pe scara de incendiu e al dracului de frig. Iar ție părea să-ți fie așa de cald și bine! Ca fratele meu Fred. Pe vremuri dormeam patru într-un pat, iar Fred era singurul care mă lăsa să-l strâng în brațe în nopțile reci. Apropo, te superi dacă-ți spun Fred?

Intrase de-a dreptul în cameră între timp și se oprise, cu ochii țintă la mine. N-o văzusem niciodată fără ochelarii de soare și era clar că aveau lentile de vedere, căci fără ei se uita puțin cruciș, ca un bijutier. Avea ochi mari, un pic albaștri, un pic verzi și presărați cu pete mărunte cafenii, ochi multicolori, ca și părul ei; și, ca și părul ei, radiau o lumină caldă, vie.

— M-oi fi crezând neobrăzată. Sau *très folle*. Sau cine știe cum.

— Deloc.

Păru dezamăgită.

— Ba da, mă crezi. Toţi mă cred. Nu-mi pasă. Poate să-mi fie de folos.

Se aşeză pe unul din scaunele rahitice, îmbrăcate în catifea roşie, îşi strânse picioarele sub ea şi privi de jur împrejur prin cameră, uitându-se şi mai cruciş.

— Cum de poţi să stai aici? E o cameră de groază.

— Cu timpul te obişnuieşti cu orice, am răspuns oarecum iritat, căci eram de fapt mândru de camera mea.

— Eu, una, nu pot. N-o să mă obişnuiesc niciodată cu nimic. Cine se obişnuieşte e ca şi mort. Ochii ei critici studiară din nou încăperea. *Ce* faci aici toată ziua?

I-am arătat masa plină de cărţi şi hârtie de scris.

— Scriu diverse lucruri.

— Am crezut că scriitorii sunt bătrâni. Fireşte, Saroyan nu-i bătrân. L-am cunoscut la o serată şi, sincer vorbind, chiar nu-i deloc bătrân. De fapt, continuă ea, dacă s-ar bărbieri mai cu grijă... apropo, cât de bătrân e Hemingway?

— În jur de patruzeci de ani, bănuiesc.

— Nu-i rău. Nici un bărbat sub patruzeci și doi de ani nu mă atrage. Cunosc o fată complet idioată care îmi tot spune să mă duc la un doctor de cap; zice că sufăr de un complex patern. Ceea ce e doar *merde*. Pur și simplu m-am *educat* singură să-mi placă bărbații mai în vârstă și ăsta a fost cel mai inteligent lucru pe care l-am făcut vreodată. Câți ani are Somerset Maugham?

— Nu sunt sigur. În jur de șaizeci de ani.

— Nu-i rău. Nu m-am culcat niciodată cu un scriitor. Stai așa! Îl cunoști pe Benny Shacklett? Am clătinat din cap și Holly s-a încruntat. Ce ciudat. A scris o mulțime de lucruri pentru radio. Dar *quelle* scârbă de om. Spune-mi sincer, ești cu adevărat scriitor?

— Depinde de ce înțelegi prin „cu adevărat“.

— Cu alte cuvinte, scumpule, *cumpără* cineva ce scrii?

— Nu încă.

— O să te ajut. Pot s-o fac. Gândește-te câtă lume cunosc, lume care cunoaște altă lume. Am să te ajut pentru că semeni cu fratele meu Fred. Nu l-am mai văzut de la paisprezece ani, când am plecat de acasă; el avea deja un metru optzeci. Ceilalți frați ai mei erau cât tine de înalți, niște prăpădiți. De la untul de arahide a crescut Fred atât de înalt. Toți au crezut că era țicneală curată cum se îndopa cu unt de arahide; nu-i păsa de nimic pe lumea asta în afară de untul de arahide și de cai. Nu era însă țicnit, era doar bun la suflet, cam distrat și tare greu de cap; când am fugit eu de-acasă, repeta a treia oară clasa a opta. Sărmanul Fred. Mă întreb cât o fi de darnică armata când e vorba de untul de arahide. Și, apropo, sunt lihnită.

I-am arătat un vas cu mere și am întrebat-o cum și de ce plecase de acasă atât de tânără. M-a privit absentă și și-a frecat nasul de parcă o mânca, un gest pe care, văzându-l deseori repetat, am ajuns să-l recunosc ca pe un semnal că cineva își bagă nasul unde nu-i fierbe oala. La fel ca mulți oameni foarte dispuși să dea neîntrebați informații personale, atunci când i se punea o întrebare directă sau avea impresia că cineva vrea s-o strângă cu ușa, devenea brusc prudentă. Mușcă din măr și zise:

— Povestește-mi și mie ceva ce-ai scris. Subiectul.

— Asta-i marea problemă, nu sunt genul de literatură care se poate povesti.

— Prea deocheate?

— Poate că într-o zi o să-ți dau să citești una.

— Whisky-ul merge de minune cu merele. Dă-mi un pahar cu whisky, scumpule. După aia n-ai decât să-mi citești una din povestirile tale.

Foarte puţini scriitori, mai ales cei nepublicaţi, rezistă invitaţiei de-a citi din opera proprie. Am turnat câte un păhărel de whisky pentru fiecare şi, după ce m-am aşezat pe scaunul din faţa ei, am început să-i citesc cu o voce uşor tremurată, cu un amestec de trac şi entuziasm: era o povestire nouă, abia o terminasem cu o zi mai înainte şi sentimentul inevitabil de nemulţumire nu avusese încă timp să se manifeste. Era o povestire despre două femei, învăţătoare, care locuiesc împreună, iar una din ele, atunci când cealaltă se logodeşte, începe să trimită scrisori anonime în dreapta şi-n stânga, stârnind un scandal care ajunge să împiedice căsătoria. Pe când citeam, mă uitam pe furiş la Holly şi, de fiecare dată, simţeam că mi se strânge inima. Era din ce în ce mai nervoasă. Rupea în bucăţele mucurile de ţigări dintr-o scrumieră şi se uita lung la unghii de parcă ar fi avut mare chef să le pilească; mai rău, tocmai când mi se părea că i-am captat atenția, peste privire i s-a așternut o răceală semnificativă, de parcă s-ar fi întrebat dacă să-și cumpere sau nu o pereche de pantofi văzuți în cine știe ce vitrină.

— Ăsta e *sfârșitul*? întrebă ea, parcă trezindu-se din somn. Se căzni să mai spună ceva. Firește, îmi plac lesbienele. Nu mă sperie deloc. Povestirile cu lesbiene mă plictisesc însă de moarte. Pur și simplu nu pot să intru-n pielea lor. Dar, bine, scumpule, spuse ea văzând mutra mea total uluită, dacă povestirea ta nu-i despre o pereche de lesbiene bătrâne, atunci despre ce dracu' e?

Nu aveam nici o poftă să complic greșeala de a-i fi citit povestirea cu jena de-a i-o explica. Vanitatea, care mă îndemnase să mă expun astfel, mă silea acum s-o consider pe Holly o îngâmfată insensibilă și fără minte.

— Apropo, zise ea, nu cumva se-ntâmplă să *cunoști* vreo lesbiană drăguță?

Îmi caut o colegă de apartament. Nu râde. Sunt foarte dezorganizată și nu-mi pot îngădui să angajez o servitoare. Iar lesbienele, orice-ai zice, sunt gospodine de prima mână, le place să facă toată treaba în casă, nu mai trebuie să-ți bați capul cu măturatul, cu dezghețatul frigiderului sau cu trimisul rufelor murdare la spălătorie. Am avut o colegă la Hollywood, juca în filme cu cowboy, îi spuneam „Călăreața Singuratică“ și trebuie să recunosc că era mai pricepută ca un bărbat la treburile casei. Firește, lumea nu se putea să nu-și închipuie că trebuie să fi fost și eu cam lesbiană. Și firește că sunt. Toată lumea e nițel. Ei și? Asta n-a descurajat vreodată un bărbat; de fapt, se pare că-i incită. „Călăreața Singuratică“, de pildă, a fost măritată de două ori. De obicei lesbienele nu se mărită decât o dată, pentru nume. Au sentimentul că le dă prestanță mai târziu dacă li se spune doamna cutare. Imposibil! zise ea uitându-se la ceasul de pe masă. Nu se poate să fie patru și jumătate!

Fereastra se albăstrea. O adiere stârnită de răsăritul soarelui flutura perdelele.

— Ce zi e azi?

— Joi.

— *Joi!?* Se sculă de pe scaun. Doamne Dumnezeule, spuse ea și se așeză din nou, cu un geamăt. E oribil.

Eram prea obosit ca să mai fiu curios. M-am întins pe pat și am închis ochii. Totuși n-am putut rezista.

— Ce e atât de oribil joia?

— Nimic. Atât că nu pot să țin minte când vine. Vezi tu, joi trebuie să prind trenul de nouă fără un sfert. Sunt foarte pretențioși când e vorba de orele de vizită, așa că, dacă ajungi acolo pe la zece, mai ai doar o oră până când bieții de ei își iau masa de prânz. Închipuie-ți, să iei prânzul la unsprezece. *Poți* să te duci la ora două și eu chiar prefer așa, dar el vrea să vin dimineața, spune că îl binedispune pentru toată ziua.

Trebuie să rămân trează, zise ea ciupindu-se de obraji până îi apăru puțină culoare, nu-i timp de dormit, o să arat ca o tuberculoasă, o să mă prăbușesc ca o șandrama, iar asta nu-i bine deloc: o fată nu se poate duce la Sing Sing verde la față.

— Cred că ai dreptate.

Furia pe care o simțisem din cauza povestirii se atenuase; începea iarăși să mă fascineze.

— Toți vizitatorii fac un efort să arate cât mai bine și e foarte înduioșător, e nemaipomenit de dulce să vezi cum femeile își pun pe ele tot ce au mai drăguț, vreau să zic, cele bătrâne și cele mai sărace, ele fac cele mai adorabile eforturi să arate bine și să miroasă plăcut, și le iubesc pentru asta. Și pe copiii mici îi iubesc, mai ales pe cei negri. Vorbesc de copiii aduși de neveste. Ar trebui să fie un spectacol trist să vezi copii acolo, dar nu e, fiindcă au panglici în păr și pantofii lustruiți lună, de-ai crede că acuș-acuș o să le-aducă înghețată; și câteodată chiar așa e la vorbitor, ca la o petrecere. În orice caz, nu seamănă cu ce vezi în filme: șoapte triste printre gratii. Nici măcar gratii nu sunt, e doar o masă între tine și ei și poți să-ți sui copiii pe masă ca să-i îmbrățișezi; ca să săruți pe cineva nu trebuie decât să te apleci peste masă. Și ce-mi place cel mai mult e că sunt atât de fericiți că se revăd, au atâtea de povestit, încât nu-i cu putință să fie trist, fiindcă râd tot timpul și se țin de mână. Mai târziu e altfel, zise ea. Îi văd în tren. Stau atât de tăcuți și se uită cum curge râul. Își luă o șuviță de păr, o vârî în colțul gurii și începu s-o muște ușor, gânditoare. Nu te las să dormi. Culcă-te.

— Te rog. Mă interesează.

— Știu că te interesează. De-asta vreau să te duci la culcare, dac-o țin tot așa, o să-ți povestesc de Sally. Și nu sunt sigură c-ar fi prea frumos din partea mea. Continuă să-și muște părul, în tăcere. Nu mi-au *spus* niciodată să nu povestesc cuiva. Nu direct. Și chiar e o istorie haioasă. Poate scrii o povestire despre asta, după ce schimbi numele și tot așa. Ascultă, Fred, spuse ea luând un alt măr, va trebui să-mi juri cu mâna pe inimă și să-ți săruți cotul...

Poate că acrobații chiar pot să-și sărute coatele, dar Holly a trebuit să se mulțumească cu un gest aproximativ.

— Perfect, zise ea, mușcând din măr, poate c-ai citit despre el în ziare. Îl cheamă Sally Tomato și eu vorbesc idiș mai bine decât vorbește el englezește. Dar e un moșneguț scump și foarte credincios. Ar semăna cu un călugăr dacă n-ar avea dinții ăia de aur; zice că se roagă pentru mine în fiecare seară. Firește, n-a fost niciodată iubitul meu și, de fapt, l-am cunoscut doar după ce-a ajuns la pușcărie. Acum însă îl ador, doar mă duc să-l văd în fiecare joi de șapte luni încoace și cred că m-aș duce chiar dacă nu m-ar plăti. Mărul ăsta e cam trecut, spuse ea și aruncă cotorul pe fereastră. Apropo, îl *cunoşteam* pe Sally din vedere. Venea la barul lui Joe Bell, localul de după colţ; nu vorbea cu nimeni, stătea doar acolo, ca oamenii ăia care locuiesc la hotel. Dar e ciudat când îţi aminteşti de el şi-ţi dai seama cât de atent trebuie să mă fi observat, pentru că, exact după ce l-au băgat la zdup (Joe Bell mi-a arătat poza lui în ziar. Mafia. Stoarcere de bani. Tot soiul de aiureli; dar l-au condamnat la cinci ani de puşcărie), m-am pomenit cu o telegramă de la un avocat. Zicea să iau legătura imediat cu el în vederea unor informaţii profitabile pentru mine.

— Ţi-ai închipuit că ţi-a lăsat cineva moştenire un milion?

— Nici vorbă. Mi-am închipuit că magazinul Bergdorf încearcă să mă facă să-mi plătesc datoriile. Am riscat însă şi m-am dus să-l văd pe avocatul ăsta (presupunând că-i avocat, ceea ce mă îndoiesc, fiindcă nu pare să aibă nici un birou, ci doar un serviciu care primeşte mesajele telefonice, şi voia tot timpul să mă întâlnesc cu el la restaurantul Hamburg Heaven; asta pentru că e un haplea, e în stare să înfulece zece hamburgeri, două castroane cu sos şi o plăcintă întreagă cu lămâie). M-a întrebat dacă nu mi-ar plăcea să înveselesc zilele unui bătrânel singuratic şi să câştig aşa o sută de dolari pe săptămână. I-am spus: „Scumpule, te-ai adresat cui nu trebuia, nu sunt vreo soră medicală care oferă niscaiva plăceri ca să facă un ban". Nici suma nu m-a impresionat din cale-afară. Câştigi tot atât cu banii pe care îi primeşti când te duci să te pudrezi într-un restaurant. Orice tip cu ceva maniere o să-ţi dea cincizeci pentru bacşiş, când te duci la toaletă şi eu mai cer bani de taxi, asta înseamnă încă cincizeci. Atunci însă mi-a spus că pe clientul lui îl cheamă Sally Tomato. A mai adăugat că scumpul de Sally m-a admirat întotdeauna *à la distance* şi că o să fac o faptă bună dacă mă duc să-l văd o dată pe săptămână. Așa că n-am putut să-l refuz, era o propunere mult prea romantică.

— Nu sunt sigur. Nu mi se pare tocmai în regulă.

Ea zâmbi.

— Crezi că mint?

— În primul rând, nu *oricine* are voie să viziteze un pușcăriaș.

— Nu te lasă. De fapt, îți fac tot felul de mizerii. Dar zic că sunt nepoata lui.

— Și e chiar așa de simplu? Îți dă o sută de dolari pentru o oră de conversație?

— Nu el. Avocatul mi-i dă. Domnul O'Shaughnessy mi-i trimite prin poștă de cum primește de la mine buletinul meteorologic.

— Cred că s-ar putea să ai mari neplăceri, i-am spus și am stins veioza.

Nu mai era nevoie de lumina ei, dimineața pătrunsese în cameră și porumbeii gângureau pe scara de incendiu.

— Cum adică? zise ea serioasă.

— Mă gândesc că asumarea unei identități false se pedepsește prin lege. La urma urmei, *nu* ești nepoata lui. Și ce-i cu povestea asta cu buletinul meteorologic?

Își înăbuși un căscat.

— Nu-i mare lucru. Las un mesaj la serviciul telefonic, ca să-l anunț pe domnul O'Shaughnessy c-am fost la închisoare. Sally îmi spune ce să-i zic, chestii ca: „e uragan în Cuba" sau „ninge la Palermo". Nu-ți face griji, scumpule, zise ea apropiindu-se de pat. Îmi port singură de grijă de multă vreme.

Lumina dimineții părea să se răsfrângă prin ea; îmi trase cuvertura până la bărbie, strălucind ca un copil străveziu. Apoi se culcă lângă mine.

— Nu te superi? Vreau să mă odihnesc doar o clipă. Taci. Dormi.

M-am prefăcut că dorm, respirând adânc și regulat. Clopotele de la biserica de alături bătură jumătatea de oră, apoi ora întreagă. Se făcuse șase când Holly și-a pus mâna pe brațul meu, un gest delicat, menit să nu mă trezească.

— Sărmane Fred, șopti ea, de parcă ar fi vorbit cu mine. Unde ești, Fred? Mi-e frig. Vântul aduce zăpadă.

Își odihni obrazul pe umărul meu, o greutate caldă și umedă.

— De ce plângi?

Sări înapoi și se ridică în capul oaselor.

— Pentru numele lui Dumnezeu! zise, îndreptându-se spre fereastră și scara de incendiu. *Urăsc* oamenii care mă spionează.

A doua zi, într-o vineri, când m-am întors acasă, am găsit în fața ușii apartamentului meu un coș cu bunătăți de lux de la magazinul Charles & Co., cu cartea ei de vizită: *Domnișoara Holiday Golightly, Călătoare,* iar pe dos, cu un scris strâmb și copilăresc, ca de grădiniță, un mesaj: *Domnul să te binecuvânteze, scumpul meu Fred. Te rog, iartă-mă pentru noaptea trecută. Ai fost un înger.* Mille tendresses, *Holly. P.S. N-am să te mai deranjez.* I-am răspuns *Te rog să mă mai deranjezi* și am lăsat biletul la ușa ei împreună cu un buchețel de violete, căci altceva nu-mi permiteam să cumpăr. Din câte se părea, vorbise însă serios; n-am mai văzut-o și nici n-am mai auzit nimic de ea și m-am gândit că mersese până-ntr-acolo încât își procurase o cheie de la ușa de la intrare. În orice caz, nu mai suna la ușa mea. I-am dus lipsa; și, odată cu scurgerea timpului, am început să simt față de ea un fel de ranchiună, ca și cum m-ar fi părăsit cel mai bun prieten. O singurătate apăsătoare pătrunse în viața mea, dar asta nu-mi trezea dorul de prietenii cunoscuți de mult: mi se păreau ca mâncarea de regim, fără sare și fără zahăr. Până miercuri, gândurile despre Holly, despre închisoarea Sing Sing și despre Sally Tomato, despre lumea în care bărbații dădeau cincizeci de dolari unei fete când se ducea să se pudreze m-au urmărit atât de stăruitor, încât nici n-am mai fost în stare să lucrez. În seara aceea i-am lăsat un mesaj în cutia poștală: *Mâine e joi.* A doua zi dimineața m-a răsplătit cu un al doilea bilet, cu: *Mii de mulțumiri că mi-ai amintit. Poți să vii să bem ceva astă-seară pe la șase?*

Am așteptat până la șase și zece, apoi m-am forțat să las să mai treacă cinci minute.

O ființă bizară mi-a deschis ușa. Trăsnea a țigări de foi și a apă de colonie Knize. Avea pantofi cu toc înalt; fără adaosul acelor centimetri, ar fi putut trece drept liliputan. Capul chel și pistruiat era mare ca al unui pitic; era împodobit cu urechi ascuțite, de spiriduș. Avea ochi de pechinez, nemiloși și cam bulbucați. Din urechi îi ieșeau moțuri de păr, ca și din nas; fălcile îi erau întunecate de barba crescută după-amiază, iar strângerea lui de mână te ducea cu gândul la o labă blănoasă.

— Puștoaica e la baie, zise el făcând un gest cu țigara de foi spre încăperea de alături, de unde se auzea curgând apa. Camera în care ne aflam (stăteam în picioare, fiindcă nu era nimic pe care să te așezi) lăsa impresia că cineva tocmai se mutase acolo; te așteptai să miroasă a zugrăveală proaspătă. Geamantane și cutii nedesfăcute, ăsta era tot mobilierul. Cutiile serveau drept mese. Pe una dintre ele se aflau cele trebuincioase pentru a prepara martini; pe alta o veioză, un telefon, pisica roșcată a lui Holly și un vas cu trandafiri galbeni. Etajerele, care acopereau un perete, se mândreau cu o jumătate de raft de cărți. Camera mi-a plăcut imediat, mai ales aerul ei de ședere temporară.

— Te așteaptă? zise bărbatul, dregându-și glasul.

Am dat din cap afirmativ, dar i s-a părut că sunt cam șovăielnic. Ochii lui reci m-au străpuns ca un bisturiu, cu incizii precise și adânci.

— Vin tot felul de nepoftiți. Vă cunoașteți de mult?

— Nu prea.

— Deci n-o cunoști pe puștoaică de prea multă vreme.

— Locuiesc în apartamentul de deasupra.

Răspunsul păru să-l satisfacă și se relaxă.

— Ai un apartament la fel?

— Mult mai mic.

Scutură scrumul țigării de foi pe dușumea.

— Apartamentul ăsta e mizerabil. E de necrezut. Puștoaica nu știe cum să trăiască nici măcar când e în bani. Vorbea într-un ritm sacadat și metalic, ca un teletip. Spune-mi ce părere ai: e sau nu?

— Ce să fie?

— O impostoare.

— N-aș crede.

— Te înșeli. E o impostoare. Dar, pe de altă parte, ai dreptate. Nu-i o impostoare, pentru că e o impostoare *autentică*. Chiar crede în toate tâmpeniile în care crede. Nu poți să i le scoți din cap. Am încercat s-o conving până mi-au dat lacrimile. Benny Polan, pe care toată lumea îl respectă, Benny Polan a încercat. Benny își pusese în gând să se însoare cu ea, dar ea n-a vrut, Benny a spart mii de dolari pe doctorii de cap la care a trimis-o. Chiar și cel mai celebru, ăla care nu vorbește decât nemțește, s-a dat bătut. Imposibil să-i scoți din cap – făcu un gest cu pumnul de parcă ar fi vrut să zdrobească ceva intangibil – ideile-astea. Încearcă și tu să vezi. Pune-o să-ți spună niște chestii din astea în care crede. Nu uita că puștoaica mi-e dragă. Aproape tuturor le e dragă, deși sunt unii care n-o plac. Mie îmi place de ea. Sincer îți spun că-mi place. Sunt o fire simțitoare, asta e. Trebuie să ai o fire simțitoare ca s-o poți aprecia, să ai un suflet de poet. Dar îți spun eu ce cred. Poți să-ți spargi creierii cu ea și n-o să te alegi decât cu o baligă pe tavă. Ca să-ți dau un exemplu: ce fel de om e, așa cum o vezi acum? E genul de fată despre care citești prin ziare c-a sfârșit înghițind un tub întreg de somnifere. Am văzut mai multe cazuri de-astea decât poți număra pe degete. Iar puștoaicele alea nu erau nici măcar țicnite. Ea chiar este țicnită.

— Dar tânără. Și-o să mai fie multă vreme.

— Dacă vrei să spui că are viitor, iar te înșeli. Acum câțiva ani, pe coasta de vest, lucrurile ar fi putut fi altfel. Avea ceva aparte, ceva care îi interesa pe producătorii de filme, și ar fi putut să facă mare carieră. Numai că, atunci când dai cu piciorul la o astfel de ocazie, a doua oară n-o mai prinzi. Întreab-o pe Louise Rainer, și Rainer era o mare vedetă. Desigur, Holly nu era o vedetă de cinema; n-a depășit niciodată stadiul fotografiilor. Dar asta s-a întâmplat înainte de *Povestea doctorului Wassell.* Atunci chiar ar fi putut să dea lovitura. Știu pentru că eu sunt ăla care i-a oferit șansa. Arătă cu țigara de foi spre sine. O.J. Berman.

Se aștepta să spun că știu cine e și n-aș fi avut nimic împotrivă s-o fac, numai că n-auzisem în viața mea de O.J. Berman. S-a dovedit a fi un impresar de vedete de la Hollywood.

— Sunt primul care a descoperit-o. Acolo, la Santa Anita. Pândea ocazia cât e ziua de lungă. Mi-a atras atenția: din punct de vedere profesional. Am aflat că e amica unui jocheu și că trăiește cu individul. I-am spus jocheului s-o lase moale, dacă nu vrea să aibă de-a face cu poliția de moravuri. Știi, puștoaica n-avea decât cinșpe ani. Dar are stil; arată bine, îți ia privirea. Chiar și când poartă ochelari cu lentile groase; chiar și când deschide gura și nu-ți dai seama dacă e vreo țopârlană sau vreo vagaboandă de prin Oklahoma sau mai știu eu ce. Nu știu încă ce e. Părerea mea e că nimeni n-o să afle vreodată de unde vine. Minte cu atâta tupeu, încât poate că nu mai știe nici ea. Ne-a luat un an s-o scăpăm de accent. Am reușit cu lecții de franceză. După ce-a reușit să imite franceza, nu i-a luat mult să imite și engleza ca lumea. Am modelat-o în genul lui Margaret Sullivan, dar ea mai avea și rotunjimi pe-acolo pe unde e cazul, iar regizorii erau interesați, ăi mai mari, și pe urmă, culmea, Benny Polan, un tip foarte respectat, a vrut s-o ia de nevastă. Ce poate să ceară mai mult un impresar? Iar apoi, bum! *Povestea doctorului Wassell.* Ai văzut filmul? În regia lui Cecil B. DeMille. Cu Gary Cooper. Doamne! M-am dat de ceasul morții, am aranjat totul: aveau de gând s-o primească la audiții pentru rolul asistentei doctorului Wassell. Una din ele, în orice caz. Și pe urmă, bum! Sună telefonul. Ridică un telefon imaginar și îl duse la ureche. Zice: Holly la telefon, eu zic: scumpo, parcă ai fi la mama naibii, iar ea zice că e la New York. O întreb ce dracu' faci la New York, când azi e duminică și mâine ai audiție? Spune că e la New York pentru că n-a fost niciodată la New York. Iar eu îi spun: mută-ți dosul într-un avion și întoarce-te aici, iar ea zice că n-are chef. Iar eu zic: ce figură mai e și asta, păpușa? Îmi spune: ca să reușești trebuie să vrei, iar ea nu vrea, iar eu îi spun: bine, și ce dracu' vrei, iar ea răspunde c-o să-mi zică de cum află și ea. Înțelegi acum ce vreau să-ți spun: o baligă pe tavă.

Pisica roșcată sări de pe cutia ei și se frecă de piciorul lui. O.J. Berman ridică pisica cu vârful pantofului și o aruncă, gest urât, deși nici nu părea conștient de existența pisicii, ci doar de propria iritare.

— *Asta* vrea? zise el deschizându-și larg brațele. O mulțime de nepoftiți? O viață trăită din bacșișuri? Să se învârtească printre tot soiul de neisprăviți? Sau poate că vrea să se mărite cu Rusty Trawler? Și ce mai vrea, o medalie?

Așteptă, aruncând priviri furioase.

— Regret, dar nu-l cunosc.

— Dacă nu-l cunoști pe Rusty Trawler, nu prea o cunoști pe puștoaică. Proastă treabă, zise el plesnind din limbă. Am sperat că ai influență asupra ei. S-o aduci cu picioarele pe pământ până nu e prea târziu.

— Dar, după dumneata, deja e prea târziu.

Suflă un colac de fum și așteptă să se destrame, după care zâmbi și zâmbetul îi schimbă expresia, dăruindu-i un aer blând.

— Aș putea s-o lansez din nou în filme, cum ți-am spus, zise el și de data asta părea serios. Sincer, îmi place fata.

— Iar semeni sământă de scandal, O.J.? zise Holly dând buzna în cameră cu un prosop înfășurat neglijent în jurul trupului și în picioarele goale, lăsând urme umede pe dușumea.

— Ei, nimic deosebit. Ziceam doar că ești zărghită.

— Dar Fred e deja la curent.

— Dar tu nu ești.

— Aprinde-mi o țigară, scumpule, zise ea scoțându-și cascheta de baie și răsfirându-și părul. Nu vorbeam cu tine, O.J., ești prea îngălat, îți lași balele pe țigară.

Apucă pisica și o puse pe umăr. Cotoiul se cocoță ținându-și echilibrul ca o pasăre, cu ghearele vârâte în părul ei de parcă ar fi fost un caier de lână; dar, cu toate giumbușlucurile ei adorabile, era o pisică sinistră, cu o față dură, de pirat. Un ochi îi era orb, iar celălalt sticlea de intenții sumbre.

— O.J. e un îngălat, zise ea și luă țigara pe care i-o aprinsesem. Dar știe o mulțime de numere de telefon. Care e numărul lui David O. Selznick, O.J.?

— Las-o baltă.

— Nu glumesc, scumpule. Vreau să-l suni și să-i spui că Fred e un geniu. A scris teancuri de povestiri absolut minunate. A, nu roși, Fred, nu tu ai spus că ești un geniu, eu am spus. Hai, O.J., ce ai de gând să faci ca să-l îmbogățești pe Fred?

— Ce-ar fi să mă lași pe mine să aranjez totul cu Fred?

— Nu uita, zise ea retrăgându-se, că sunt agenta lui. Acum altceva: dacă te strig, vino să-mi închei fermoarul. Și dacă vine cineva, invită-l în apartament.

Au venit o mulțime de oameni. În următorul sfert de oră, în apartament se încinse o petrecere numai cu bărbați, mulți dintre ei în uniformă militară. Am numărat doi ofițeri de marină și un colonel de aviație. Erau însă în inferioritate numerică față de cei ce continuau să sosească, oameni cu părul cărunt, trecuți de vârsta militariei. Cu excepția faptului că erau în vârstă, oaspeții nu aveau nimic în comun, păreau străini printre alți străini. De fapt, de cum intra, fiecare se străduia să-și ascundă dezamăgirea la vederea celorlalți. Părea că gazda își împărțise invitațiile la întâmplare, în raitele sale prin baruri, ceea ce probabil se și întâmplase. După grimasele inițiale, începură să discute între ei, mai ales O.J. Berman, care profită din plin de nou-veniți pentru a evita discuția despre viitorul meu la Hollywood. M-am trezit abandonat lângă raftul cu cărți, dintre care mai bine de jumătate erau despre cai, iar restul despre baseball. Prefăcându-mă interesat de *Carnea de cal și cum s-o identifici*, am avut din plin răgazul să-i studiez pe invitații lui Holly.

În curând, unul dintre ei îmi atrase atenția. Era un copil de vârstă mijlocie, ce nu-și lepădase grăsimea de bebeluș, deși un croitor de talent izbutise să-i mascheze fundul rotofei, care cerea palme. Trupul lui nu vădea nici urmă de os; chipul, un zero umplut cu trăsături mărunte și drăgălașe, avea ceva neatins, virginal; părea că, după ce se născuse, crescuse ca aluatul, pielea îi rămăsese fără riduri, ca un balon umflat, iar gura, deși gata de icnete și de toane, se țuguia într-o expresie răsfățată și dulceagă. Dar nu înfățișarea lui îl scotea în evidență; adulții rămași la stadiul copilăriei nu sunt atât de rari. Felul lui de a fi, mai curând: se purta de parcă serata ar fi fost în cinstea lui. Ca o caracatiță neobosită, pregătea martini, făcea cunoștință unora cu ceilalți și se ocupa de fonograf. De fapt, toate activitățile lui erau dictate de Holly: *Rusty, fii amabil, Rusty, te rog*. Dacă tipul era îndrăgostit de ea, reușea evident să-și controleze gelozia. Un bărbat gelos s-ar fi înfuriat văzând cum luneca Holly prin încăpere, cu pisica într-o mână și cu mâna liberă aranjând nodul unei cravate sau culegând scame de pe un rever; colonelul de aviație purta o decorație pe care Holly o lustrui cu grijă.

Pe individ îl chema Rutherford („Rusty“) Trawler. În 1908 rămăsese orfan de ambii părinți, tatăl fusese victima unui anarhist, iar mama răpusă de șoc, dublă nenorocire care îl lăsase pe Rusty orfan, milionar și celebru la vârsta de cinci ani. De atunci devenise subiectul suplimentelor de duminică ale ziarelor, eveniment care atinsese proporții de dezastru atunci când, în școala primară, își acuzase nașul, sub a cărui tutelă se afla, de acte de sodomie. Mai târziu, căsătoriile și divorțurile ocupaseră paginile ziarelor de scandal. Prima lui soție îl părăsise, luând cu sine și pensia alimentară, pentru un rival al Părintelui Divine[1]. Despre cea de-a doua soție nu se știa absolut nimic, dar cea de-a treia îl dăduse în judecată în statul New York, cu un sac de acuzații. Rusty dăduse divorț de ultima doamnă Trawler, plângându-se în special că respectiva stârnise o răzmeriță la bordul iahtului său și, ca urmare, Rusty se pomenise

1. Predicator american de culoare, foarte apreciat în în prima jumătate a secolului XX, considerat ulterior de unii impostor și escroc (n. t.).

abandonat în insulele Dry Tortugas. Deși nu se mai însurase de atunci, se pare că înainte de război o ceruse în căsătorie pe Unity Mitford[1], sau cel puțin se spunea că îi trimisese o telegramă în care îi propunea să se căsătorească cu el, dacă Hitler n-o lua el mai înainte de nevastă. Asta era, se pare, motivul pentru care Winchell îl numise nazist. Mai era și amănuntul că participase la întrunirile naziste de la Yorkville.

Nimeni nu mi-a povestit aceste lucruri. Le-am citit în *Ghidul de baseball*, o altă carte de pe raft, pe care Holly o folosea drept album cu tăieturi din ziare. Printre pagini, am dat de tăieturi din ziarele de duminică și de articole de bârfă mondenă: *Rusty Trawler și Holly Golightly la premiera*

---

1. Una dintre cele șase fiice ale unei familii aristocratice engleze, Unity (1914-1948) a rămas cunoscută ca o mare admiratoare a lui Hitler și o adeptă înfocată a fascismului (n. t.).

spectacolului de musical One Touch of Venus. Holly se apropie pe la spate și mă surprinse citind o tăietură din ziar: *Domnișoara Holly Golightly, originară din Boston, face din fiecare zi o sărbătoare pentru Rusty Trawler, un bărbat de aur.*

— Îmi admiri popularitatea sau ești interesat de baseball? zise ea potrivindu-și pe nas ochelarii de soare, în timp ce se uita peste umărul meu.

— Cum a fost buletinul meteo de săptămâna asta?

Îmi făcu cu ochiul, dar fără haz, mai mult ca un fel de avertisment.

— Îmi plac caii, dar urăsc baseballul, spuse ea și mesajul ascuns din vocea ei îmi dădu de înțeles că ar fi dorit să uit că mi-a pomenit vreodată de Sally Tomato. Urăsc partidele de baseball transmise la radio, dar trebuie să le ascult, fac parte din documentare. Sunt tare puține lucruri despre care poți discuta cu bărbații. Dacă unui bărbat nu-i place baseballul, atunci trebuie să-i placă mult caii, iar dacă nu-i plac nici una, nici alta, oricum s-a terminat, înseamnă că nu-i plac nici fetele. Cum te-ai descurcat cu O.J.?

— Ne-am despărțit de comun acord.

— Crede-mă, îți poate oferi o șansă.

— Te cred, dar ce pot să-i ofer la rândul meu ca să i se pară demn să riște de dragul meu?

— Du-te și convinge-l că nu arată ridicol. Zău că te poate ajuta, Fred.

— Am aflat că nici tu n-ai dat prea mare atenție șansei pe care ți-a oferit-o el. Se uită la mine nedumerită, până am adăugat: *Povestea doctorului Wassell.*

— Tot se mai plânge de asta? spuse ea și îl privi plină de afecțiune. Are dreptate, *ar trebui* să mă simt vinovată. Nu că mi-ar fi oferit rolul sau aș fi fost o actriță bună; nici ei nu mi l-ar fi dat, nici eu n-aș fi fost bună. Dacă mă simt vinovată e doar pentru că l-am lăsat să viseze când eu nu mai visam deloc. Jucam teatru ca să mai câștig puțin timp, să fac ceva autoîmbunătățiri; am știut sigur că n-o să ajung niciodată vedetă de cinema. E mult prea greu, iar dacă ești inteligent, devine jenant. Complexele mele de inferioritate nu sunt destul de grave; se spune că nu poți să fii vedetă de cinema dacă nu ai o personalitate foarte puternică; dar, de fapt, trebuie să nu ai personalitate deloc. Nu vreau să spun că mi-ar displăcea să fiu bogată și celebră. Asta am de gând și, într-o bună zi, am să reușesc; deși, atunci când o să se întâmple, aș dori să-mi pot păstra personalitatea. Aș dori să rămân aceeași când o să mă trezesc într-o frumoasă dimineață și o să-mi iau micul dejun la Tiffany. Văd că n-ai pahar, zise ea observându-mi mâinile goale. Rusty, vrei să-i aduci un pahar cu băutură unui prieten? Continuă să mângâie pisica. Sărman motan, zise ea, scărpinându-l pe cap, sărman nătărău fără nume. Nu prea îmi convine că n-are nume. Dar n-am nici un drept să i-l dau; va trebui să aștepte până când o să fie al cuiva. Ne-am întâlnit într-o zi pe lângă râu, dar nu e al meu, nici eu a lui; e o ființă independentă, ca și mine. Nu vreau să posed nimic până când n-o să simt că mi-am găsit locul. Nu prea știu unde se află acel loc, dar știu cum trebuie să arate. Zâmbi și lăsă jos motanul. Ca la Tiffany. Nu că mi-ar păsa de bijuterii. Diamante, da, dar e cam ridicol să porți diamante înainte să împlinești patruzeci de ani. Și chiar și atunci e riscant. Arată bine doar la femei bătrâne, gen Maria Ouspenskaia. Riduri, oase, păr alb și diamante. De-abia aștept. Dar nu de asta îmi place Tiffany atât de mult. Ascultă, știi zilele alea când îți simți inima roșie?

— Vrei să zici albastră?

— Nu, spuse ea încet. Ai inimă albastră când te-ai îngrășat sau când plouă prea multă vreme. Ești trist, asta-i tot. Dar când ai inimă roșie e oribil. Ești speriat și te trec sudorile, dar nu știi de ce ți-e frică. Doar simți că o să ți se întâmple ceva îngrozitor, dar nu ştii despre ce e vorba. Ai avut vreodată astfel de stări?

— De multe ori. Unii le numesc angoasă.

— Perfect. Angoasă. Și ce faci atunci?

— O băutură ajută.

— Am încercat cu băutura. Am încercat și cu aspirine. Rusty crede că fumez marijuana, și chiar am fumat o vreme, dar n-are nici un efect, doar mă face să chicotesc. Cel mai mult mă ajută să mă sui într-un taxi și să mă duc la Tiffany. Mă liniștește pe loc tihna și splendoarea de acolo; nu ți se poate întâmpla nimic rău când sunt cu tine domnii aceia amabili și bine îmbrăcați, în mireasma aceea plăcută de argint și de portofele din piele de crocodil. Dacă aş putea găsi un loc în viața reală în care să mă simt ca la Tiffany, aş cumpăra niște mobilă și aş boteza pisica. Am crezut că, la sfârșitul războiului, Fred și cu mine... Își înălță ochelarii de soare pe frunte și ochii ei, cu bogăția lor de culori, nuanțele de cenușiu și stropii de albastru și verde, priviră-n depărtări, la ceva numai de ea știut. Am fost odată în Mexic. O țară minunată să crești cai. Am văzut un loc pe malul mării. Fred se pricepe la cai.

Rusty Trawler îmi aduse un martini și mi-l înmână fără să mă privească.

— Mi-e foame, anunță el și vocea, la fel de infantilă ca și restul persoanei sale, scoase un scâncet de copil mic, dând parcă vina pe Holly. E șapte jumate și mi-e foame. Știi ce-a spus doctorul.

— Da, Rusty, știu ce-a spus doctorul.

— Atunci dă-i pe ușă afară. Hai să mergem undeva să mâncăm.

— Vreau să te porți frumos, Rusty. Vorbea blând, dar ca o guvernantă care amenință copilul cu vreo pedeapsă, și, în mod bizar, Rusty se înroși de plăcere și de recunoștință.

— Nu mă iubești, se plânse el, de parcă ar fi fost singuri.

— Nimeni nu iubește obrăznicia.

Evident, Holly îi spusese ce voia să audă; cuvintele ei părură să-l însuflețească și să-l calmeze totodată. Dar continuă, ca într-un ritual:

— Mă iubești?

— Vezi-ți de treburi, Rusty, zise ea și îl mângâie. Și când sunt gata, mergem unde vrei tu să mâncăm.

— În Chinatown?

— Doar dacă nu te atingi de dulciuri și de antricoate în sos chinezesc. Știi ce-a spus doctorul.

În timp ce Rusty se întorcea la treburile lui, tropăind satisfăcut, n-am putut să rezist și i-am amintit lui Holly că nu i-a răspuns la întrebare.

— Îl iubești?

— Ți-am mai spus. Poți să te convingi să iubești pe oricine. Pe deasupra, Rusty a avut o copilărie îngrozitoare.

— Dacă a fost atât de îngrozitoare, de ce se cramponează de ea?

— Pune-ți mintea la treabă. Nu-ți dai seama că Rusty se simte mai în siguranță în scutece decât în fustă? Între astea are de ales, numai că e foarte sensibil. Odată a încercat să mă înjunghie cu un cuțit de unt pentru că i-am spus să fie băiat mare și să privească adevărul în față, cu alte cuvinte, să-și găsească un șofer drăguț de camion, care să-i servească și drept tată. Până una-alta, am rămas cu el pe cap; ceea ce e în regulă, e inofensiv, e convins că fetele sunt niște păpuși, la propriu.

— Slavă Domnului.

— Dacă ar fi și ceilalți bărbați ca el, nu prea l-aș slăvi pe Dumnezeu.

— Am vrut să zic slavă Domnului că nu te măriți cu domnul Trawler.

Holly ridică mirată o sprânceană.

— Apropo, nu mă prefac că nu știu că e bogat. Chiar și terenurile din Mexic costă bani. Iar acum, zise ea împingându-mă înainte, hai să-l căutăm pe O.J.

M-am oprit din mers, încercând să amân întâlnirea. Apoi mi-am amintit ceva.

— Ce înseamnă *Călătoare*?

— A, cartea mea de vizită, zise ea descumpănită. Crezi că e ridicolă?

— Nu ridicolă, ci doar provocatoare.

— La urma urmei, cum pot să știu unde am să trăiesc mâine? zise ea ridicând din umeri. Așa că le-am spus să scrie *Călătoare*. Oricum, cărțile astea de vizită sunt o risipă de bani. Doar că m-am simțit datoare să cumpăr ceva cât de mic de la ei. Sunt de la Tiffany. Luă paharul cu martini de care nu mă atinsesem și îl dădu pe gât din două înghițituri, după care mă apucă de mână. Destul cu trăncăneala. Hai să te împrietenești cu O.J.

La ușă se iscă agitație. O femeie tânără dădu buzna înăuntru, într-un vârtej de eșarfe și clinchete de brățări de aur.

— H-h-holly, zise ea arătând-o cu degetul, ce m-m-meschină poți să fii. Să ții pentru tine toți b-b-bărbații ăștia încântători!

Avea mai bine de un metru optzeci, era mai înaltă decât cei mai mulți bărbați din încăpere. Cu toții își îndreptară spinările și își supseră burțile. Era un fel de întrecere generală cu înălțimea ei șerpuitoare.

— Ce faci aici? zise Holly și buzele i se strânseră ca o coardă.

— Păi, mai n-n-nimic, scumpo. Am fost sus la etaj, am lucrat cu Yunioshi. Fotografii de Crăciun pentru *Ba-ba-zaar*. Pari supărată, scumpo? Le zâmbi tuturor. Sper, b-b-băieți, că nu vă supărați c-am dat navală la s-s-serata voastră.

Rusty chicoti. Îi strânse brațul parcă pentru a-i admira mușchii și o întrebă dacă dorește o băutură.

— Firește că vreau, zise ea. Dă-mi niște whisky.

— *Nu* avem whisky, îi spuse Holly.

La care colonelul de aviație se oferi să meargă să cumpere o sticlă.

— Ascultă, hai să nu ne c-c-complicăm. Pot să beau și amoniac. Holly, păpușa, zise ea împingând-o ușurel, nu te deranja pentru mine. Pot să mă prezint și singură. Se apleacă în direcția lui O.J. Berman, care, asemenea multor bărbați scunzi în prezența unei femei înalte, avea ochii încețoșați de admirație. Sunt Mag W-w-wildwood, din W-w-wildwood, statul Arkansas. De la deal.

Aveai impresia unui dans, Berman executa pași complicați în jurul ei, în încercarea de a-i opri pe ceilalți să se bage pe fir. O pierdu totuși în favoarea unui grup de patru, care îi sorbeau glumele bâlbâite ca niște porumbei care înghit floricele de porumb. Era un succes ușor de înțeles: Mag reprezenta triumful asupra urâțeniei, deseori mult mai atrăgător decât adevărata frumusețe, mai ales pentru că se bazează pe un paradox. În cazul de față, spre deosebire de metoda scrupuloasă a bunului-gust și a hainelor bine alese, trucul consta în exagerarea defectelor: Mag le transformase în podoabe, etalându-și-le cu îndrăzneală. Tocuri înalte care îi subliniau înălțimea, dar atât de înalte, încât îi tremurau gleznele.

Un corset atât de strâns pe trup, încât bănuiai că ar fi putut merge la plajă în costum de baie bărbătesc; părul strâns la spate îi accentua chipul osos și emaciat de model din revistele de modă. Până și bâlbâiala, cu siguranță autentică, dar nițel exagerată, îi venea în ajutor. Bâlbâiala era o găselniță de geniu, căci reușea să dea o nuanță de originalitate banalităților pe care le spunea și, în al doilea rând, în ciuda înălțimii și a aerului ei sigur pe sine, să inspire ascultătorilor masculi un impuls de a ocroti. De pildă, a fost nevoie ca lui Berman să i se dea un ghiont în spinare atunci când ea a întrebat: „Cine p-p-poate să-mi spună unde e t-t-toaleta?"; apoi i-a oferit galant brațul pentru a o conduce.

— Nu-i nevoie s-o conduci, zise Holly, știe unde e toaleta, a mai fost.

Începu să golească scrumierele și, după ce Mag ieși din încăpere, mai goli una și apoi spuse oftând:

— Ce poveste tristă. Se opri pentru a trece în revistă privirile curioase.

Erau destule. Și atât de ciudată. Îți vine să crezi că ar trebui să se vadă mai bine. Dar, Dumnezeu știe cum, Mag chiar arată sănătoasă. Atât de, cum să spun, *curată*. Asta-i extraordinar. N-ai zice, întrebă ea plină de compasiune, fără să se adreseze cuiva în special, n-ai zice că *arată* curată?

Cineva tuși, câțiva înghițiră în sec. Ofițerul de marină, care ținea în mână băutura lui Mag, o puse pe o măsuță.

— Dar, zise Holly, am auzit că multe fete din sud suferă de aceeași problemă.

Se înfioră plină de delicatețe și se duse la bucătărie să mai aducă gheață.

Când se întoarse în cameră, Mag Wildwood nu putu deloc să priceapă lipsa bruscă de căldură; conversațiile pe care le începea erau ca niște butuci verzi, scoteau fum, dar nu luau foc. Și mai de neiertat era faptul că unii dintre invitați începuseră să plece fără să-i ceară numărul de telefon. Colonelul de aviație o întinse pe când

Mag stătea cu spatele la el și asta a fost culmea, căci o invitase la masă. Mag se îmbătă brusc și, cum ginul are asupra prefăcătoriei același efect ca și lacrimile asupra fardurilor, tot farmecul ei se evaporă. Începu să se agațe de toată lumea. O numi pe gazdă o degenerată de la Hollywood. Provocă un bărbat de cincizeci de ani la trântă. Îi spuse lui Berman că Hitler avea dreptate. Îl incită pe Rusty Trawler, înghesuindu-l într-un colț și spunându-i, de data asta fără să se mai bâlbâie:

— Știi ce-o să-ți fac? O să te duc cu forța la grădina zoologică și o să te dau iacului să te mănânce.

Rusty păru să n-aibă nimic împotrivă, dar Mag îl dezamăgi când alunecă pe dușumea, unde rămase fredonând.

— Hai că ești plicticoasă, zise Holly. Scoală-te de acolo, continuă ea trăgându-și o pereche de mănuși. Ultimii participanți la serată o așteptau la ușă și, cum Mag nu se clinti, Holly îmi aruncă o privire jenată: Fii un înger, Fred. Sui-o într-un taxi. Locuiește la Winslow.

— Nu, stau la Barbizon. Regent 4-5700. Întreabă de Mag Wildwood.

— Chiar *ești* un înger, Fred.

Apoi au plecat cu toții. Perspectiva de-a vârî cu forța o amazoană într-un taxi a înlăturat orice resentiment pe care îl mai aveam. Dar ea rezolvă singură problema. Ridicându-se prin propriile forțe, mă privi de sus, clătinându-se.

— Haidem la bâlci. Prindem balon cu noroc, zise ea și căzu pe podea ca un stejar doborât.

Mai întâi m-am gândit să alerg după doctor. Dar examinând-o, am constatat că pulsul îi e regulat, ca și respirația. Pur și simplu dormea. După ce i-am pus o pernă sub cap, am lăsat-o să doarmă nestingherită.

În după-amiaza următoare, m-am ciocnit de Holly pe scări.

— Bună, *tu*, zise ea grăbindu-se să urce, cu un pachețel de la farmacie în mână. Am încurcat-o, e pe cale să facă pneumonie. Mai are și o mahmureală cât casa. Bașca un acces de inimă roșie.

Am înțeles din cuvintele ei că Mag Wildwood se afla încă în apartamentul lui Holly, deși vecina mea nu mi-a dat prilejul să cercetez mai bine această simpatie neașteptată. În weekend, misterul s-a adâncit. Mai întâi, un sud-american a venit din greșeală la ușa mea, căutând-o pe domnișoara Wildwood. Mi-a trebuit ceva timp să-l corectez, nici unul nu înțelegea accentul celuilalt, deși, atunci când am început să-l înțeleg, am fost fermecat de el. Părea clădit cu dichis, capul cu păr castaniu și silueta de toreador aveau o anume precizie, o perfecțiune asemenea unui măr, unei portocale, unui lucru alcătuit fără greșeală de natură. Se adăugau, ca o notă decorativă, un costum englezesc, o apă de colonie discretă și, ceea ce era încă mai neobișnuit la un sud-american, o anume timiditate.

Al doilea eveniment al zilei a fost tot legat de el. Era spre seară și l-am văzut din nou în timp ce mă duceam să-mi iau cina. Sosise într-un taxi și șoferul îl ajuta să intre în casă, clătinându-se sub un morman de geamantane. Asta mi-a dat din nou de gândit. Până duminică, îmi fierbea capul de-atâtea gânduri.

Apoi tabloul se tulbură și se limpezi în același timp.

Duminica a fost o zi de vară indiană, soarele ardea, aveam fereastra deschisă și am auzit voci pe scara de incendiu. Mag și Holly erau întinse pe o pătură, cu pisica între ele. Părul proaspăt spălat le atârna moale. Erau ocupate: Holly își dădea cu ojă pe unghiile de la picioare, iar Mag împletea un pulover.

— După părerea mea, ai n-n-noroc. Măcar atâta lucru știi sigur despre Rusty: e american.

— Să-l ia dracu'.

— *Scumpo*, e război.

— Și când s-o termina războiul pe-aci mi-e drumul, băiete!

— Eu, una, nu gândesc așa. Sunt m-m-mândră de țara mea. Bărbații din familia mea au fost militari de vază. Bunicului Wildwood i-au înălțat statuie drept în mijlocul orășelului.

— Fred e soldat, zise Holly. Dar mă îndoiesc că va ajunge vreodată statuie. S-ar putea totuși. Se spune că omul cu cât e mai prost, cu atât e mai viteaz. Fred e destul de prost.

— Vorbești de Fred, băiatul de la etaj? N-am știut că e militar. Dar chiar pare prost.

— Ahtiat, nu prost. E disperat să-l lase cineva înăuntru, să nu mai stea pe-afară. Dacă te tot zgâiești cu nasul lipit de geam, nu prea ai cum să nu pari prost. Oricum, el e alt Fred. Fred e fratele meu.

— Cum poți să spui despre cineva, c-c-carne din c-c-carnea ta și s-s-sânge din s-s-sângele tău, că e prost?

— Ce să fac dacă e prost?

— Păi, e de prost gust s-o spui. Un băiat care se luptă pentru tine, pentru mine, pentru noi toți.

— Ce-i asta? Publicitate pentru război?

— Vreau doar să știi care e părerea mea. Îmi plac glumele, dar în fond sunt o persoană s-s-serioasă. Mă mândresc că sunt americancă. De-asta îmi pare atât de rău de José. Își lăsă jos andrelele. Îl *găsești* foarte arătos, nu-i așa?

Holly zise „Hm" și mângâie mustățile pisicii cu pensula de ojă.

— Dacă m-aș putea obișnui cu ideea că mă mărit cu un brazilian și o să *ajung* și eu b-b-braziliană... E un mare hop. Nouă mii de kilometri și nici măcar nu știu limba...

— Du-te la școala Berlitz.

— Ce rost ar avea să se predea acolo p-p-portugheza? N-am auzit pe nimeni s-o vorbească. Singura mea șansă e să-l fac pe José să uite de politică și să devină american. Ce prostie să-ți dorești, ca bărbat, să devii p-p-pre-ședintele *Braziliei*. Oftă și își reluă tricotatul. Probabil că sunt moartă după el. Ne-ai văzut împreună. Crezi că sunt moartă după el?

— Cine știe? Spune-mi, te mușcă?

— Să mă muște? întrebă Mag și scăpă din mână o andrea.

— Da, în pat.

— Nici gând. Ar *trebui*? Apoi adăugă, cu un aer reprobator: Dar râde.

— Perfect. Așa se cade. Îmi plac bărbații care văd umorul situației; cei mai mulți nu știu decât să geamă și să gâfâie.

Mag își retrase plângerea; acceptă părerea ca pe un compliment la adresa ei.

— Da, presupun că așa e.

— În regulă. Nu mușcă. Râde. Ce mai face?

Mag numără ochiurile sărite și începu din nou să tricoteze: unul pe față, altul pe dos.

— Întrebam ce...

— Te-am auzit. Și să nu crezi că nu vreau să-ți spun. Dar mi-e greu să-mi amintesc. Nu mă p-p-preocupă chestiile astea. Așa cum se pare că te preocupă pe tine. Le uit ca pe un vis. Sunt sigură că asta e atitudinea n-n-normală.

— O fi normală, scumpo; eu, una, prefer ceea ce e firesc. Holly făcu o pauză în procesul de vopsire cu ojă roșie a mustăților cotoiului. Ascultă, dacă nu poți să-ți amintești, încearcă să lași lumina aprinsă.

— Te rog să mă înțelegi, Holly. Sunt o persoană foarte, foarte *convențională.*

— Prostii. Ce e rău dacă vrei să te uiți bine la tipul care-ți place? Bărbații sunt frumoși, mulți dintre ei. José e un tip bine și dacă nici măcar nu vrei să te *uiți* la el, aș spune că nu are parte decât de o porție amărâtă de macaroane reci.

— Nu vorbi așa de t-t-tare.

— Nu se poate să fii îndrăgostită de el. Asta e. Ți-am răspuns la întrebare?

— Nu. Pentru că nu sunt o porție de m-m-macaroane reci. Sunt un om cu inima caldă. E trăsătura de bază a caracterului meu.

— În regulă, să spunem că ai o inimă caldă. Dar dacă aș fi un bărbat pe cale să se culce cu tine, aș lua cu mine o sticlă cu apa fierbinte. E mai sigur.

— Pe José n-ai să-l auzi că se plânge, spuse ea cu satisfacție, și andrelele lucină în lumina soarelui. Pe deasupra, *sunt* îndrăgostită de el. Îți dai seama că i-am tricotat zece perechi de șosete în mai puțin de trei luni? Iar ăsta e cel de-al doilea pulover. Întinse puloverul și apoi îl aruncă în cameră. Ce rost are? Pulovere în Brazilia? Ar trebui să-i tricotez pălării de s-s-soare.

Holly se lăsă pe spate și căscă.

— Trebuie să fie iarnă și pe-acolo câteodată.

— *Plouă*, din câte știu. Zăpușeală. Ploaie. Junglă.

— Zăpușeală. Junglă. Să știi că-mi place.

— Mai mult decât mie.

— Da, zise Holly cu o voce somnoroasă, dar deloc adormită, mai mult decât ție.

Luni dimineața, când am coborât să iau corespondența, cartea de vizită de pe cutia poștală a lui Holly fusese schimbată. Un nume fusese adăugat lângă al ei: domnișoara Golightly și domnișoara Wildwood călătoreau acum împreună.

Lucrul mi-ar fi reținut mai mult atenția dacă n-aș fi dat de o scrisoare în cutia mea. Era de la o mică revistă a unei universități, căreia îi trimisesem o povestire. Le plăcuse și, deși era de înțeles că nu puteau să mă plătească, intenționau s-o publice. S-o publice: adică *s-o tipărească.* E puțin zis că vestea m-a amețit. Trebuia să-i spun cuiva și, sărind câte două trepte deodată, am bătut la ușa lui Holly.

Mă temeam că o să-mi piară graiul când o să-i dau vestea bună; când a venit la ușă, cu ochii cârpiți de somn, i-am vârât scrisoarea în mână. Până să mi-o înapoieze, am avut impresia că ar fi putut citi în timpul ăsta șaizeci de pagini.

— Eu nu le-aș permite s-o publice dacă nu m-ar plăti, zise ea căscând. Poate că figura mea i-a dat de înțeles că se înșală, că nu doream un sfat, ci felicitări, căci căscatul se transformă într-un zâmbet. O, da, înțeleg. E minunat. Hai, intră. Fac niște cafea și sărbătorim. Nu, mai bine mă îmbrac și te invit la restaurant.

Dormitorul ei semăna cu salonul, perpetuând aceeași atmosferă de excursie cu cortul; lăzi și geamantane, totul împachetat și gata de expediat, ca lucrurile unui criminal care simte că legea îi suflă în ceafă. În salon nu exista mobila care se ține de obicei în această încăpere, dar dormitorul avea un pat, și încă unul dublu și foarte bătător la ochi: lemn deschis la culoare și satin matlasat.

A lăsat ușa de la baie deschisă și conversația a continuat; clipocitul apei și zgomotele făceau să nu se înțeleagă mare lucru din ce spunea, dar ideea principală era următoarea: *bănuiește* că știu că Mag s-a mutat la ea, nu-i așa că e foarte *practic*? Pentru că, dacă vrei să-ți găsești o colegă de apartament și *nu* dai peste o lesbiană, atunci cel mai bine e să alegi o cretină, ceea ce Mag chiar *este,* pentru că atunci poți lăsa chiria pe seama ei *și* o poți trimite să ducă rufele murdare la spălătorie.

Era clar că Holly avea o problemă cu rufele murdare: camera era plină de așa ceva ca vestiarul unei săli de gimnastică pentru fete.

— ... știi că are mare succes ca model, nu-i fantastic? Dar cel mai bine, zise ea ieșind din baie în timp ce-și potrivea o jartieră, e că meseria ei mă scapă de ea mai toată ziua. Și nu prevăd nici mari probleme cu bărbații. E logodită. Și chiar cu un tip nostim.

Deși e o mică diferență de înălțime între ei, aș spune vreo treizeci de centimetri în favoarea ei. Unde dracu'...

Se lăsă în genunchi și începu să bâjbâie pe sub pat. După ce găsi ce căuta, o pereche de pantofi din piele de șopârlă, a trebuit să caute o bluză, apoi o curea și m-am crucit cum de reușea ca, din balamucul ăsta, să obțină un asemenea efect: să pară îngrijită, imaculată și senină, ca și cum ar fi ieșit din mâinile sclavelor Cleopatrei. Îmi spuse:

— Ascultă. Îmi prinse bărbia în palme: Mă bucur pentru povestirea ta. Zău că mă bucur.

Ziua aceea de luni, în octombrie 1943. O zi frumoasă, încărcată de veselie ca ciripitul unei păsărele. Pentru început, am băut un Manhattan la localul lui Joe Bell; apoi, când Joe a auzit ce noroc a dat peste mine, a oferit un rând de cocktailuri cu șampanie la toată lumea. Mai târziu, am luat-o spre Fifth Avenue, unde am dat de o paradă. Steagurile fluturând în vânt și sunetul cadențat al orchestrei și al pașilor cazoni nu păreau să aibă vreo legătură cu războiul, ci mai curând cu un fel de fanfară organizată în cinstea mea.

Am luat dejunul la un bufet din Central Park. După aceea, evitând grădina zoologică (Holly nu putea să sufere nici un animal închis în cușcă), am râs, am alergat, am cântat pe alei, până când am ajuns la vechiul debarcader de lemn, acum dispărut. Pe lac pluteau frunze; un paznic dăduse foc frunzelor uscate și fumul, ridicându-se ca semnalele indienilor, era singura pată în aerul care palpita. Lunile de aprilie n-au însemnat niciodată mare lucru pentru mine, toamna mi s-a părut întotdeauna anotimpul începutului, adevărata primăvară; așa m-am simțit alături de Holly, așezați pe balustrada debarcaderului. M-am gândit la viitor și am vorbit despre trecut.

Fiindcă Holly voia să afle amănunte despre copilăria mea. A vorbit și ea despre copilăria ei; dar cumva vag, fără să dea nume sau locuri, un inventar de impresii, deși îți crea o imagine contrară față de ce te-ai fi așteptat, căci era o povestire aproape voluptuoasă despre înotat și despre vară, despre pomi de Crăciun, despre verișori atrăgători și despre petreceri; pe scurt, o fericire care nu-i semăna și într-un cadru care, fără îndoială, nu era cel al unui copil care fugise de acasă.

Or, am întrebat-o, nu e adevărat că trăise pe picioarele ei încă de când avea paisprezece ani? Și-a frecat nasul.

— E adevărat. Restul nu e adevărat. Dar, zău, dragule, ai făcut așa o tragedie din copilăria ta, încât am simțit că nu e cazul să-ți fac concurență. Sări de pe balustradă. Oricum, asta-mi aduce minte să-i trimit lui Fred niște unt de arahide.

Am petrecut restul după-amiezii cutreierând orașul de la răsărit la apus, reușind să smulgem cu greutate de la băcani câteva borcane cu unt de arahide, mare raritate în vreme de război. Se făcuse seară până am apucat să adunăm vreo șase borcane, ultimul de la un magazin de pe Third Avenue, nu departe de magazinul de antichități unde se afla colivia-palat, așa încât am dus-o acolo să i-o arăt și lui Holly i-a plăcut ideea, fantezia cu care fusese făcută.

— Și totuși, e o colivie.

Pe când treceam pe lângă un magazin Woolworth, Holly m-a apucat de braț:

— Hai să intrăm să furăm ceva, zise ea, trăgându-mă în magazin, unde imediat mi s-a părut că toți își aținteșc privirile asupra noastră, ca și cum intraseră deja la bănuieli. Hai, nu fi laș.

Cercetă un galantar plin cu dovleci de carton și măști de Halloween. Vânzătoarea era ocupată cu un grup de călugărițe care încercau măști. Holly înșfăcă o mască și o puse pe față; apoi alese o alta și o puse pe fața mea.

M-a apucat apoi de mână și am ieșit din magazin. A fost cât se poate de simplu. Afară, am fugit cale de câteva străzi, ca să adăugăm ceva dramatism situației; dar și pentru că, așa cum am descoperit, o hoție reușită te înveselește. M-am întrebat cât de des fura din magazine.

— Pe vremuri chiar o făceam. Adică trebuia, dacă voiam ceva. O mai fac din când în când, ca să nu-mi ies din mână.

Am purtat măștile tot drumul până acasă.

Din câte-mi amintesc, am petrecut multe zile cu Holly rătăcind de colo-colo; e adevărat, în unele perioade ne-am văzut destul de des; dar, în ansamblu, memoria mă înșală. Pentru că la sfârșitul lunii am găsit o slujbă; ce să adaug? Cu cât mai puțin, cu atât mai bine; ajunge să spun că aveam mare nevoie de ea și că programul era de la nouă dimineața la cinci după-amiaza. Și așa orarele noastre, al meu și al lui Holly, erau cu totul diferite.

În afară de joi, când era ziua ei de mers la Sing Sing, sau în afară de zilele când se ducea să călărească în parc, ceea ce nu făcea prea des, Holly de-abia se scula la ora când ajungeam acasă. Uneori mă opream la ea și beam împreună cafeaua, în timp ce ea se îmbrăca pentru seară. Era veșnic pe picior de plecare; de obicei ieșea cu Rusty Trawler, deși nu întotdeauna; și tot de obicei erau însoțiți de Mag Wildwood și de brazilianul arătos, pe care îl chema José Ybarra-Jaegar: mama lui era nemțoaică. În chip de cvartet, aveau un aer discordant, în primul rând din pricina lui Ybarra-Jaegar, care părea distonant în compania lor ca o vioară într-o orchestră de jazz. Era un om inteligent, prezentabil și părea să se ocupe serios de munca lui, care era vag guvernamentală, vag importantă și care îi solicita prezența la

Washington de mai multe ori pe săptămână. Greu de înțeles cum putea supraviețui stând noapte de noapte în barurile La Rue sau El Morocco, ascultând t-t-trăncăneala lui Mag sau contemplând fața lui Rusty, cu obrajii lui ca un fund de bebeluș. Poate că, așa cum ni se întâmplă multora dintre noi când ne aflăm într-o țară străină, José nu era în stare să cântărească oamenii, să-i așeze pe adevăratul lor loc, așa cum ar fi făcut la el acasă; de aceea, i se părea că toți americanii sunt la fel și, pornind de aici, îi considera pe însoțitorii lui niște exemple suportabile de culoare locală și specific național. Asta ar putea explica multe; iar hotărârea lui Holly explică restul.

Într-o după-amiază târzie, în timp ce așteptam autobuzul pe Fifth Avenue, am observat un taxi oprind vizavi; din el a coborât o fată, care a urcat în fugă treptele bibliotecii publice de pe strada 42. Intrase deja pe ușă până să-mi dau seama că e Holly, lucru ușor de înțeles, căci legătura dintre Holly și biblioteci nu părea firească. M-am lăsat mânat de curiozitate și am urcat treptele străjuite de leii de piatră de la intrare, întrebându-mă dacă să-i mărturisesc că am urmărit-o ori să mă prefac că e o simplă coincidență. În cele din urmă, n-am făcut nici una, nici alta, ci m-am ascuns la distanță de câteva mese de ea, în sala de lectură, unde Holly stătea în dosul ochelarilor ei mari de soare și al unei fortărețe de cărți adunate pe masă. Trecea rapid de la o carte la alta, întârziind uneori deasupra unei pagini, veșnic încruntată, de parcă textul ar fi fost tipărit invers. Ținea un creion suspendat asupra paginilor și nimic nu părea să-i stârnească interesul; din când în când însă mâzgălea trudnic câte ceva pe hârtie, parcă numai de dragul gestului în sine. Privind-o, mi-am amintit de o fată pe care o cunoscusem la liceu, o tocilară, Mildred Grossman.

Mildred: cu părul ei unsuros și cu ochelarii slinoși, cu degetele ei pătate de cerneală, care disecau broaște și duceau cești cu cafea pichetelor de grevă, cu ochii apoși, care nu se ridicau spre stele decât pentru a le estima densitatea și compoziția chimică. Între Mildred și Holly era o deosebire ca de la cer la pământ, dar în mintea mea au început să semene ca niște surori siameze, iar firul gândului care le cususe una de cealaltă era acesta: o personalitate obișnuită se modifică des, la câțiva ani o dată, chiar și trupurile noastre trec printr-o schimbare totală; indiferent dacă vrem sau nu, e firesc să ne schimbăm. Așa o fi, însă iată două persoane care n-aveau să se schimbe niciodată. Iată deci ce aveau în comun Mildred Grossman și Holly Golightly. N-aveau să se schimbe, căci caracterul lor se formase prea devreme, fenomen care, ca și îmbogățirea prea bruscă, duce la o lipsă de simț al proporțiilor; una dintre ele devenise o fire realistă la extrem, cealaltă o romantică incurabilă. Mi le-am închipuit într-un restaurant al viitorului, Mildred studiind meniul pentru calitățile lui nutritive, Holly poftind la tot ce e pe listă. Așa avea să fie întotdeauna, aveau să treacă prin viață și să iasă din ea cu același pas hotărât, fără să dea nici o atenție stâncilor de pe marginea drumului.

Aceste observații profunde mă făcuseră să uit unde mă aflu; mi-am revenit, uimit să mă trezesc în atmosfera mohorâtă a bibliotecii și din nou uluit să o văd pe Holly acolo. Era trecut de ora șapte și ea își dădea cu ruj și își punea o eșarfă și niște cercei, ca să-și schimbe înfățișarea de la ceea ce credea ea că e ținuta corectă într-o bibliotecă la una potrivită pentru restaurantul Colony. După ce-a plecat, m-am apropiat de masa pe care rămăseseră cărțile ei: erau exact cele la care mă așteptasem: *Spre sud cu Pasărea Furtunii*, *Drumuri prin Brazilia*, *Mentalitatea politică a Americii Latine*. Și așa mai departe.

În ajunul Crăciunului, Holly și Mag au dat o petrecere și m-au chemat să le ajut să împodobească pomul. Nu știu cum reușiseră să vâre bradul acela în apartament. Crengile de sus se turteau de tavan, iar cele de jos se întindeau de la un perete la altul; în ansamblu, nu se deosebea prea mult de bradul uriaș care se înalță de Crăciun în Rockefeller Plaza. În plus, ar fi fost nevoie de un Rockefeller ca să-l împodobească, căci înghițea beteala și globurile de parcă ar fi fost zăpadă care se topește. Holly a sugerat să dea o fugă până la magazinul Woolworth să fure niște baloane; ceea ce a și făcut; și pomul a căpătat o înfățișare plăcută. Am ciocnit un pahar în cinstea operei noastre și Holly a spus:

— Uită-te în dormitor. Ai un cadou acolo.

Aveam și eu un cadou pentru ea; un pachețel în buzunar, care mi s-a părut și mai mic atunci când am văzut, în mijlocul patului, legată cu panglică roșie, splendida colivie din vitrină.

— Dar, Holly, e îngrozitor!

— Absolut de acord; dar am crezut c-o vrei.

— Dar banii! Trei sute cincizeci de dolari!!

— Câteva drumuri suplimentare la toaletă ca să mă pudrez, zise ea ridicând din umeri. Promite-mi totuși ceva. Promite-mi că n-o să închizi niciodată o pasăre vie în ea.

Am vrut s-o sărut, dar ea a întins mâna.

— Dă-mi, a zis ea, atingând ușor pachețelul din buzunar.

— Mă tem că nu e mare lucru.

Și nu era: o medalie cu Sfântul Cristofor. Dar cel puțin o luasem de la Tiffany.

Holly nu era fata care să păstreze ceva și cu siguranță că între timp a rătăcit medalia, a uitat-o în vreun geamantan sau în cine știe ce sertar, într-o cameră de hotel. Dar colivia o am încă. Am cărat-o cu mine la New Orleans, Nantucket, prin toată Europa, în Maroc și în Indiile de Vest. Și totuși, doar rareori îmi amintesc că am primit-o de la Holly, pentru că la un moment dat am preferat să uit; ne-am certat groaznic și, printre obiectele care se învârteau în centrul taifunului nostru, erau colivia, O.J. Berman și povestirea mea, din care îi dădusem lui Holly un exemplar, când apăruse în revista universității.

Prin februarie, Holly s-a dus într-o excursie cu Rusty, Mag și José Ybarra-Jaegar. Cearta noastră a avut loc la scurt timp după ce s-au întors. Holly se bronzase și părul i se deschisese la culoare, ajungând aproape alb. Se distrase de minune.

— Mai întâi am fost la Key West și Rusty s-a înfuriat pe niște marinari sau invers, în *orice* caz va trebui să poarte tot restul vieții un corset medical pentru coloana vertebrală. Scumpa de Mag a ajuns și ea la spital. Arsuri solare de gradul I. Dezgustător: plină toată de bășici și alifie. N-am mai rezistat la mirosul ei. Așa încât José și cu mine i-am lăsat la spital și am plecat la Havana. Zice: stai să vezi Rio! Dar, în ce mă privește, Havana merită toți banii. Am avut un ghid irezistibil, în mare parte negru și restul chinez și, deși nu mă omor nici după unii, nici după ceilalți, combinația era destul de captivantă. Așa că l-am lăsat să-și lipească genunchiul de al meu pe sub masă, fiindcă nu mi se părea deloc banal; dar apoi, într-o seară, ne-a dus să vedem un film pornografic și ce crezi: l-am văzut *pe ecran*! Firește, când ne-am întors la Key West, Mag a fost convinsă că mi-am petrecut tot timpul în pat cu José. La fel a crezut și Rusty. Atât că lui nu-i păsa, voia doar să-i povestesc totul în amănunt. De fapt, atmosfera a fost destul de încărcată până când am avut o discuție de la suflet la suflet cu Mag.

Ne aflam în camera din față unde, deși era martie, enormul pom de Crăciun, uscat și rămas fără miros, cu baloanele stafidite ca niște ugere de vacă bătrână, ocupa încă aproape tot spațiul. O mobilă ușor de recunoscut fusese adusă în odaie: un pat de campanie. Iar Holly, încercând să-și păstreze aerul tropical, se întinsese pe pat sub o lampă de bronzat.

— Și ai convins-o?

— Că nu m-am culcat cu José? Da, Dumnezeule. I-am spus pur și simplu... dar știi, ca și cum aș fi făcut o mărturisire care mă chinuie de moarte, i-am spus că sunt lesbiană.

— Nu se poate să te fi crezut!

— Firește că m-a crezut! De ce crezi că s-a dus și-a cumpărat patul ăsta? Ascultă la mine; sunt la înălțime când e vorba să șochez pe cineva. Fii un înger, unge-mă cu ulei de plajă pe spinare. În timp ce îndeplineam operația, Holly a spus: O.J. Berman e în oraș și i-am dat povestirea ta publicată în revistă. A fost foarte impresionat. Crede că meriți să fii ajutat. Dar crede că ai pornit într-o direcție greșită. Negri și copii: cui îi pasă de ei?

— Nu domnului Berman, înțeleg.

— Ei bine, sunt de acord cu el. Am citit povestirea de două ori. Puștime și negri. Frunze care tremură. *Descrieri.* Nu *înseamnă* nimic.

Mâna cu care o ungeam pe spate păru să capete o viață proprie; murea de poftă să se ridice și să coboare brusc pe fundul ei.

— Dă-mi un exemplu, am spus pe un ton liniștit. Un exemplu de povestire care să însemne ceva. După părerea ta.

— *La răscruce de vânturi,* zise ea fără să ezite.

Mâna mea era gata să scape de sub control.

— Dar e absurd. Vorbești despre o operă de geniu.

— Genială, nu-i așa? *Sălbatica, dulcea mea Cathy.* Am plâns în disperare. L-am văzut de zece ori.

— Oh, am spus ușurat, apoi ridicând vocea, spre rușinea mea: *Filmul.*

Mușchii i se încordară și am avut impresia că ating o piatră încălzită de soare.

— Fiecare trebuie să se simtă superior cuiva, zise ea. Dar e obiceiul să aduci ceva dovezi înainte de a-ți acorda acest privilegiu.

— Nu mă compar cu tine. Sau cu Berman. Deci nu mă pot simți superior. Vrem lucruri diferite.

— Nu vrei să câștigi bani?

— Planurile mele nu merg atât de departe.

— Așa sună și povestirile tale. Ca și cum le-ai fi scris fără să știi cum se termină. Dă-mi voie să-ți spun: mai bine apucă-te de făcut bani. Ai o imaginație costisitoare. N-o să dai de mulți oameni care să-ți cumpere colivii.

— Îmi pare rău.

— Chiar o să-ți pară, dacă mă lovești. Te gândeai la asta acum un minut, am simțit după mâna ta; și acum ai chef.

Aveam, teribil de mult. Mâna, inima îmi tremurau în timp ce puneam dopul la sticla de ulei.

— O, nu, n-o să-mi pară rău de asta. Regret doar că ți-ai risipit banii pe mine: Rusty Trawler e un mijloc prea greu de a-i câștiga.

Se ridică în capul oaselor pe pat, cu fața și sânii de o răceală albastră în lumina lămpii:

— Îți ia patru secunde ca să ajungi de aici la ușă. Îți dau două.

M-am dus direct la mine în cameră, am luat colivia și am pus-o în fața ușii ei. Asta lămurea situația. Sau așa mi-am închipuit până a doua zi dimineața când, în timp ce plecam la slujbă, am zărit colivia cocoțată pe lada de gunoi. Am salvat-o de acolo cu oarecare jenă și am dus-o înapoi în apartamentul meu, un act de capitulare care nu mi-a slăbit hotărârea de-a o scoate pe Holly Golightly din viața mea. Era, am decis, „o exhibiționistă vulgară", „o pierdere de timp", „o impostoare totală", cineva cu care nu aveam să mai vorbesc niciodată.

Și n-am mai vorbit cu ea. Multă vreme. Când ne întâlneam pe scări, îmi ţineam privirea aţintită în jos. Dacă intra în barul lui Joe Bell, ieșeam pe ușă. La un moment dat, madam Sapphia Spanella, soprana amatoare de patine cu rotile, a umblat pe la ceilalţi chiriași din clădire cu o petiţie, cerându-le să o semneze pentru a o evacua pe Holly, care era „o insultă adusă moralităţii“ și „animatoarea unor întruniri nocturne care puneau în primejdie siguranţa și nervii vecinilor“. Deși am refuzat să semnez, în sinea mea simţeam că madam Sapphia are dreptate să se plângă. Dar petiţia a eșuat și, când aprilie se apropia de mai, nopţile cu ferestre deschise și cu aer cald de primăvară zăngăneau de tărăboiul petrecerilor, al fonografului dat la maximum și al râsetelor stârnite de prea multe martiniuri, venind de la numărul 2.

Nu mai era neobișnuit să întâlnești persoane dubioase printre musafirii lui Holly, dimpotrivă: dar într-o zi, pe la sfârșitul primăverii, când treceam prin vestibulul clădirii, am observat un tip *foarte* suspect, care îi cerceta cutia de scrisori. Un om pe la vreo cincizeci de ani, cu un chip aspru și trecut prin multe și cu ochi cenușii deznădăjduiți. Purta o veche pălărie gri, pătată de sudoare, iar costumul lui de vară din material ieftin, albastru deschis, îi atârna larg pe trupul înalt și slab; avea pantofi noi-nouți, maro. Nu părea să aibă intenția să sune la ușa lui Holly. Încet, de parcă ar fi citit ceva în Braille, omul mângâia cu degetul literele în relief ale numelui ei.

În aceeași seară, în drum spre cină, l-am văzut din nou. Stătea vizavi, sprijinit de un copac și privind lung la ferestrele lui Holly. Tot felul de speculații sinistre mi-au trecut prin minte. Să fie un detectiv? Sau un agent al mafiei, vreun asociat al lui Sally Tomato, prietenul de la Sing Sing al lui Holly?

Situația a trezit la viață cele mai afectuoase sentimente pe care le nutrisem pentru ea; mi s-a părut că e cazul să întrerup lunga noastră ceartă, măcar ca s-o avertizez că e supravegheată. M-am dus spre colțul străzii, luând-o către răsărit, în direcția restaurantului Hamburg Heaven de pe strada 79 colț cu Madison; am simțit că atenția omului se ațintise asupra mea. În curând, fără să trebuiască să întorc capul, am știut că mă urmărește, pentru că fluiera tot timpul. Dar nu un cântec oarecare, ci melancolica melodie de prerie pe care o cânta uneori Holly la chitară: „Nu vreau să dorm, nu vreau să mor, vreau doar să cutreier pe-ntinsul unui nor." Fluieratul a continuat pe Park Avenue și apoi pe Madison Avenue. La un moment dat, pe când așteptam să se schimbe lumina la un semafor, l-am spionat cu coada ochiului: se aplecase să mângâie un cățel răsfățat, un Spitz.

— Frumos cățel aveți, i-a spus el proprietarului cu o voce aspră, tărăgănată, de țăran.

Hamburg Heaven era pustiu. Cu toate acestea, a luat loc la bar, alături de mine. Mirosea a transpirație și a tutun. A comandat o ceașcă de cafea, dar nu s-a atins de ea. În schimb, a început să sugă o scobitoare și să mă cerceteze în oglinda din fața barului.

— Iartă-mă, i-am spus, adresându-mă imaginii din oglindă, dar ce vrei de la mine?

Întrebarea nu l-a deranjat; părea ușurat că i-o pusesem.

— Fiule, a zis el, am nevoie de un prieten.

A scos un portofel. Era la fel de uzat ca și mâinile lui uscate: părea gata să se facă bucăți; la fel ca și fotografia îndoită, ruptă, ștearsă de vreme pe care mi-a întins-o. În poză erau șapte oameni, fotografiați pe veranda dărăpănată a unei case de lemn; toți erau copii, cu excepția bărbatului din fața mea, care-și ținea brațul în jurul taliei unei fetițe durdulii și blonde, cu mâna la ochi, ca să și-i apere de soare.

— Eu sunt ăsta, zise el arătându-se pe sine. Iar asta e ea... Bătu cu degetul fetița durdulie din fotografie. Iar ăsta de aici, adăugă el, arătând spre un lungan cu o claie de păr, e fratele ei, Fred.

M-am uitat din nou la *ea*; și, da, am reușit să ghicesc o asemănare vagă între Holly și copila ușor sașie, cu obraji rotunzi.

— Ești *tatăl* lui Holly.

Omul clipi din ochi și se încruntă.

— N-o cheamă Holly. O chema Lulamae Barnes. Așa o chema până ce s-a măritat cu mine, zise plimbând scobitoarea dintr-un colț în celălalt al gurii. Sunt soțul ei, doctorul Golightly. Doctor de cai, de animale. Fac și ceva agricultură. Lângă Tulip, în Texas. De ce râzi, fiule?

Nu era un râs adevărat; erau doar nervi. Am băut puțină apă și m-am înecat; m-a bătut pe spinare.

— Nu-i de râs, fiule. Sunt obosit. De cinci ani îmi caut femeia. De îndată ce-am primit scrisoarea de la Fred, în care îmi spunea unde e, mi-am cumpărat bilet de autobuz. Lulamae trebuie să se întoarcă acasă la bărbatu' și la copchiii ei.

— Copiii ei?

— *Ăștia* sunt copchiii ei, spuse el aproape strigând.

Vorbea de ceilalți patru copii din poză, două fete în picioarele goale și doi băieți în salopete. Nici vorbă, omul era nebun de legat.

— Dar Holly nu poate fi mama acestor copii. Sunt mai mari ca ea. Și mai înalți.

— Ascultă, fiule, zise el cu un glas plin de înțelepciune. N-am pretins că sunt copchiii născuți de ea. Scumpa lor mamă, mama lor adevărată, o femeie minunată, Dumnezeu s-o odihnească, a trecut în lumea drepților la 4 Iulie 1936, Ziua Independenței. Anul cu seceta. Când m-am însurat cu Lulamae, în decembrie 1938, mergea pe paișpe ani. Poate că o femeie obișnuită, la doar paișpe ani, nu prea știe ce face. Dar Lulamae era o femeie deosebită. Știa foarte bine ce face când a promis să fie nevasta mea și mama copchiilor mei. Ne-a frânt inima când a fugit de-acasă. Sorbi din cafeaua rece și mă privi cu seriozitate, cercetător. Ascultă, fiule, mai ai vreo îndoială? Mă crezi că ce spun e adevărat?

Îl credeam. Istoria era mult prea neverosimilă ca să nu fie adevărată; în plus, se potrivea cu felul în care o descrisese O.J. Berman pe Holly, așa cum o cunoscuse în California: „Nu-ți puteai da seama dacă era o țopârlană sau vreo vagaboandă de prin Oklahoma sau mai știu eu ce". Nu-i puteai găsi vină lui Berman, n-avea de unde să ghicească că are de-a face cu o fetiță măritată din Tulip, Texas.

— Pur și simplu ne-a frânt inima când a fugit de-acasă, repetă doctorul de cai. N-avea nici un motiv. Toată treaba acasă o făceau fetele ei. Lulamae n-avea decât să se răsfețe: să se uite în oglindă și să se spele pe cap. Aveam vacile noastre, grădina și porcii noștri, găinile noastre; fiule, femeia asta se îngrășase de-a binelea. Iar fratele ei se făcuse ditamai matahala. Nu mai arătau deloc ca atunci când veniseră la noi. Nellie, fata mea mai mare, Nellie i-a adus în casă. A venit la mine într-o dimineață și mi-a zis: „Tată, am încuiat doi sălbatici în bucătărie. I-am prins afară furând lapte și ouă de curcă". Erau Lulamae și Fred. N-ai văzut în viața ta ceva mai jalnic. Slabi de li se vedeau coastele, aveau niște picioare așa de subțiri, că de-abia se puteau ține pe ele și dinții li se clătinau așa de tare, că nu erau în stare să mestece nici măcar terci. Care era povestea: le murise mama de tuberculoză, ca și tatăl, iar copchiii, o groază, au fost trimiși să stea la tot felul de oameni de nimica. Lulamae și frate-său locuiseră la niște sărăcani câinoși, la vreo sută treizeci de kilometri de Tulip. Aveau de ce să fugă de-acolo. Dar n-a avut nici un motiv să fugă de la mine. Era căminul ei. Își sprijini coatele pe tejgheaua barului și își apăsă vârful degetelor pe ochii închiși, după care oftă: Se îngrășase, se făcuse o femeie tare drăguță. Și plină de viață. Vorbăreață ca o gaiță și avea ceva inteligent de spus despre orice, mai ceva ca la radio. De cum mă trezeam, știi, ieșeam și-i culegeam flori. Îi dresasem o cioară ca să-i spună numele. Am învățat-o să cânte la chitară. Când mă uitam la ea, îmi dădeau lacrimile. În noaptea când am cerut-o de nevastă, am plâns ca un prunc. Iar ea a zis: „De ce plângi, Doc? Sigur că ne căsătorim. N-am mai fost măritată niciodată". Ei, n-am putut să nu râd, să n-o iau în brațe și s-o strâng la piept: *n-am mai fost măritată niciodată.*

Chicoti, mestecă o clipă scobitoarea. Să nu-mi spui că femeia asta n-a fost fericită! zise el provocator. Ne era dragă la toți. N-avea nevoie să miște un deget, decât ca să mănânce o felie de plăcintă. Numai ca să se pieptene și să trimită după reviste ilustrate. Trebuie să fi cheltuit o sută de dolari pe revistele care au intrat în casa aia. Dacă vrei să știi, ăsta a fost motivul. Că s-a tot uitat la pozele alea făcute să-ți ia mințile. A citit despre visuri. Asta a împins-o s-o pornească la drum. În fiecare zi mergea nițel mai departe; un kilometru și se întorcea acasă. Doi kilometri și se întorcea acasă. Și într-o zi nu s-a mai întors. Își ridică din nou mâinile la ochi. Respira din greu. Cioara pe care i-o dădusem s-a sălbăticit și și-a luat zborul. Am auzit-o toată vara. În curte. În grădină. În pădurice. Toată vara blestemata de pasăre a chemat-o: „Lulamae! Lulamae!".

Rămase ghemuit și tăcut, de parcă ar fi ascultat sunetele verii de odinioară.

Am dus nota de plată la casier. În timp ce plăteam, a venit și el. Am ieșit împreună și am mers până pe Park Avenue. Era o seară rece și vântoasă; storurile elegante de la terase fluturau în vânt. Tăcerea dintre noi a continuat până când am spus:

— Dar cu fratele ei ce s-a întâmplat? A plecat și el?

— Nu, domnule, zise el dregându-și vocea. Fred a stat cu noi până când l-au luat la armată. Un băiat pe cinste. Se pricepea la cai. N-a înțeles ce s-a întâmplat cu Lulamae, cum s-a făcut că și-a părăsit fratele și bărbatul și copchiii. După ce-a ajuns în armată, Fred a început să primească vești de la ea. Acum câteva zile mi-a scris și mi-a trimis adresa ei. Așa c-am venit s-o iau acasă. Știu că-i pare rău de ce-a făcut. Știu că vrea să se întoarcă acasă.

Părea că vrea să mă convingă. I-am spus că am impresia că o va găsi pe Holly, sau Lulamae, oarecum schimbată.

— Ascultă, fiule, zise el când am ajuns la treptele clădirii unde locuiam. Ți-am spus că am nevoie de un prieten. Fiindcă nu vreau s-o iau pe nepregătite. Sau s-o sperii cumva. Din cauza asta am amânat până acum. Spune-i că sunt aici.

Ideea de-a o prezenta pe Holly Golightly soțului ei avea unele aspecte satisfăcătoare: și, privind în sus la ferestrele ei luminate, am sperat că prietenii ei sunt acolo, căci perspectiva de a fi de față când texanul va da mâna cu Mag și Rusty și José era și mai satisfăcătoare. Dar privirea serioasă și mândră a doctorului Golightly și pălăria pătată de sudoare m-au făcut să mă rușinez de asemenea gânduri. M-a urmat în clădire și s-a oprit să aștepte în josul scărilor.

— Arăt bine? a șoptit el, netezindu-și mânecile și aranjându-și nodul de la cravată.

Holly era singură. A deschis ușa imediat; de fapt, tocmai se pregătea să plece, pantofii albi de satin pentru dans și valurile de parfum anunțau o petrecere elegantă.

— Prostule, zise ea și-mi dădu o lovitură în glumă cu geanta, sunt prea grăbită ca să ne împăcăm acum. Fumăm mâine pipa păcii.

— Sigur, Lulamae. Dacă mai ești aici mâine.

Și-a scos ochelarii negri și s-a zgâit la mine. Ochii ei păreau două prisme sfărâmate, cioburi de albastru, cenușiu și verde care scânteiau.

— *El* ți-a spus asta, zise ea cu o voce stinsă, tremurătoare. Oh, te rog. *Unde* e? Fugi pe lângă mine în vestibul. Fred! strigă ea în timp ce cobora scările. Fred! Unde ești, dragule?

L-am auzit pe doctorul Golightly urcând scările. Capul îi apăru de după balustradă și Holly dădu înapoi din fața lui, nu ca și cum ar fi fost speriată, ci retrăgându-se într-o carapace de dezamăgire. Apoi, bărbatul apăru în întregime înaintea ei, spăsit și timid.

— Doamne sfinte, Lulamae, zise el și ezită, căci Holly îl privea absentă, ca și cum nu știa cine e. Dumnezeule, drăguțo, zise el, nu-ți dă nimeni de mâncare aici? Ești așa de slăbănoagă. Ca atunci când te-am văzut prima oară. Ți s-au dus ochii în fundul capului.

Holly îi atinse fața; degetele ei cercetară dacă bărbia lui, barba erau adevărate.

— Bună, Doc, zise ea cu blândețe și îl sărută pe obraz. Bună, Doc, repetă ea vesel pe când el o ridica în brațe și o strângea, mai să-i rupă coastele.

Râse în hohote, ușurat, cutremurându-se tot.

— Doamne, Lulamae. Ăsta-i raiul.

Nici unul nu m-a observat când m-am strecurat pe lângă ei și m-am dus la mine în cameră. Nu păreau s-o audă nici pe madam Sapphia Spanella, care a deschis ușa și a urlat:

— Gura! Rușine! Mută-ți curvăsărelile în altă parte!

— Să *divorțez* de el? Firește că n-am divorțat niciodată, aveam doar paisprezece ani, pentru numele lui Dumnezeu! N-avea cum să fie legal. Holly ciocăni în paharul gol de martini. Încă două pahare, dragă domnule Bell.

Joe Bell, în al cărui bar ne aflam, luă comanda fără chef.

— Ați început cu băutura cam devreme, se plânse el, sfărâmând în dinți o pastilă contra acidității stomacale. Nu era nici măcar ora prânzului, după ceasul de mahon din spatele barului și Joe ne servise deja trei rânduri de băuturi.

— Dar e duminică, domnule Bell. Ceasurile rămân în urmă duminică. Și apoi, nici nu m-am culcat încă, îi spuse ea și apoi îmi mărturisi: Vreau să spun - nu ca să dorm. Roși și își feri privirea, cu o expresie rușinată. Pentru prima oară de când o cunoșteam, părea să simtă nevoia de-a se justifica: Ei bine, a trebuit. Doc chiar mă iubește, știi. Și eu îl iubesc. Poate că *ție* ți s-a părut bătrân și șleampăt. Dar nu știi cât e de bun la suflet, câtă încredere le inspiră păsărilor, copiilor și ființelor fragile. Când cineva îți dăruiește încredere, îi rămâi dator. L-am pomenit întotdeauna pe Doc în rugăciunile mele. Ia te rog să nu mai rânjești, îmi porunci ea și își stinse țigara. Zău că-mi spun rugăciunile.

— Nu rânjesc. Zâmbesc. Ești cea mai uimitoare persoană pe care-am întâlnit-o vreodată.

— Bănuiesc că sunt, zise ea și chipul, tras și palid în lumina dimineții, îi străluci: își netezi părul și culorile lui luciră ca într-o reclamă la șampon. Probabil arăt îngrozitor. Dar cine n-ar arăta? Am petrecut restul nopții vânturându-ne printr-o autogară. Doc a crezut până în ultima clipă c-o să plec cu el. Deși i-am spus întruna: „Dar, Doc, nu mai am paisprezece ani și nu mai sunt Lulamae“. Groaznic e (și am înțeles asta când stăteam în stație) că am rămas aceeași. Fur și acum ouă de curcă și alerg prin desișuri de măceși. Numai că acum, când sunt în starea asta, zic că am inimă roșie.

Joe Bell ne puse în față alte două pahare de martini, cu un gest disprețuitor.

— Să nu te îndrăgostești niciodată de o jivină, domnule Bell, îl sfătui Holly. Asta a fost greșeala lui Doc. Tot timpul aducea jivine acasă. Un șoim cu o aripă ruptă. Odată o pisică sălbatică cu un picior rupt. Dar nu poți să-ți dăruiești inima unei jivine: cu cât le dai mai mult, cu atât prind puteri. Până se întremează destul și fug în pădure. Sau zboară într-un copac. Apoi într-un copac și mai înalt. Apoi în cer. Asta o să ți se întâmple, domnule Bell, dacă te îndrăgostești de o jivină. Până la urmă, o să rămâi cu ochii la cer.

— E beată, mă informă Joe Bell.

— Moderat, mărturisi Holly. Dar Doc știa ce vreau să spun. I-am explicat treaba cu mare grijă și a fost în stare să înțeleagă. Am dat mâna, ne-am îmbrățișat și mi-a urat noroc în viață. Se uită la ceas. Trebuie să fi ajuns în Blue Mountains între timp.

— Despre ce vorbește? mă întrebă Joe Bell.

Holly ridică paharul cu martini.

— Hai să-i urăm noroc lui Doc, zise ea ciocnind cu mine. Noroc în viață și crede-mă, dragă Doc, e mai bine să te uiți la cer decât să trăiești acolo. Un loc atât de singuratic; atât de nelămurit. Doar un ținut unde se ivesc trăsnete și unde totul dispare.

TRAWLER SE CĂSĂTOREȘTE PENTRU A PATRA OARĂ. Eram în metrou, undeva prin Brooklyn, când am văzut titlul. Ziarul în care figura aparținea unui pasager din metrou. Singurul fragment din articol pe care am reușit să-l citesc spunea: *Rutherford „Rusty“ Trawler, milionarul playboy deseori acuzat de simpatii naziste, a fugit ieri la Greenwhich cu o tânără frumoasă*... Nu mai aveam chef să citesc restul. Holly se măritase cu el: mă rog, asta era. Mi-am dorit să fiu sub roțile metroului. Dar îmi doream asta încă înainte să fi zărit titlul din ziar. Din mai multe motive. N-o mai văzusem pe Holly de la întâlnirea noastră din duminica aceea, când ne îmbătaserăm la barul lui Joe Bell. Săptămânile care trecuseră de-atunci îmi dăduseră ocazia să aflu pe pielea mea cum te simți atunci când ai inimă roșie. În primul rând, am fost concediat; pe drept și din cauza unei întâmplări amuzante, prea complicată ca s-o povestesc aici. Pe deasupra, comitetul de recrutare începuse să manifeste un interes îngrijorător față de mine; și cum scăpasem abia de curând de viața înregimentată a unui orășel, ideea de-a intra într-o altă formă de viață disciplinată mă umplea de disperare. Neștiind dacă voi fi recrutat sau nu și neavând nici o calificare specială, nu prea era sigur că-mi voi găsi o altă slujbă. Asta făceam în metroul din Brooklyn: mă întorceam de la un interviu fără speranță cu editorul unui ziar acum defunct, numit *PM*. Toate astea, combinate cu zăpușeala orașului în acea vară, mă aduseseră într-o stare de apatie și deprimare. Așa că eram destul de serios când îmi doream să mă aflu sub roțile metroului. Titlul articolului îmi întărea și mai mult dorința. Dacă Holly era în stare să se mărite cu acel „fetus absurd“, atunci armata răului răspândit în lumea întreagă n-avea decât să mă zdrobească. Sau, și întrebarea era evidentă, supărarea mea era doar rezultatul faptului că mă îndrăgostisem eu însumi de Holly? Puțintel. Căci *eram* îndrăgostit de ea. La fel cum pe vremuri o iubisem pe bucătăreasa negresă a mamei mele sau pe poștașul care îmi îngăduia să mă țin după el pe traseu, sau fusesem îndrăgostit de o familie întreagă, cu numele de McKendrick. Acel fel de dragoste naște și ea gelozie.

Când am ajuns la stația mea, am cumpărat un ziar și, citind finalul frazei, am descoperit că logodnica lui Rusty era: *fotomodel, o fată splendidă venită de pe colinele din Arkansas, domnișoara Margaret Thatcher Fitzhue Wildwood.* Mag! Am simțit că mi se taie picioarele de ușurare și am făcut restul drumului spre casă cu taxiul.

Madam Sapphia Spanella m-a întâmpinat în vestibul, cu ochii ieșiți din orbite și frângându-și mâinile.

— Repede! zise ea. Cheamă poliția. Omoară pe cineva. Sau cineva o omoară pe ea!

Așa se părea. Ca și cum niște tigri fuseseră lăsați să-și facă de cap în apartamentul lui Holly. Un tărăboi de sticle sparte, bufnituri și plesnete și mobile răsturnate. Dar în tot balamucul ăsta nu se auzea zvon de ceartă, ceea ce îi dădea un aer și mai nefiresc.

— Fugi! strigă madam Sapphia, împingându-mă. Spune poliției că se comite o crimă!

Am fugit, dar în sus pe scări, până la apartamentul lui Holly. Am bătut la ușă și, ca unic rezultat, zgomotul s-a mai potolit. Chiar s-a oprit complet. Dar rugămințile mele de-a mă lăsa să intru au rămas fără răspuns, iar eforturile de-a sparge ușa s-au încheiat cu un umăr plin de vânătăi. Apoi am auzit cum, în vestibul, madam Spanella îi dădea ordin unui nou-venit să cheme poliția.

— Taci din gură! i-a răspuns o voce, și piei din ochii mei.

Era José Ybarra-Jaegar. Nu mai arăta deloc ca un elegant diplomat brazilian, era speriat și transpirat. Mi-a poruncit și mie să mă dau la o parte. Apoi, cu propria lui cheie, a deschis ușa.

— Aici, doctore Goldman, zise el, făcându-i semn unui individ care îl întovărășea.

Cum nimeni nu m-a împiedicat, i-am urmat în apartament, care arăta în ultimul hal. În cele din urmă, pomul de Crăciun fusese demontat la propriu; ramurile lui cafenii și uscate zăceau risipite printre cărți rupte, veioze și discuri sparte. Până și răcitorul fusese golit și conținutul lui împrăștiat prin încăpere: ouă crude se prelingeau pe pereți, iar în mijlocul dezastrului, pisica fără nume a lui Holly lingea liniștită o băltoacă de lapte.

În dormitor, mirosul parfumului din sticlele sparte m-a sufocat. Am călcat pe ochelarii negri ai lui Holly; zăceau pe podea, cu lentilele sparte și ramele rupte în două.

Poate din cauza asta, Holly, stând țeapănă pe pat, se uita orbește la José și nu părea să-l observe pe doctor, care îi lua pulsul și îi șoptea blând:

— Ești o duduie obosită. Foarte obosită. Vrei să dormi, nu-i așa? Dormi.

Holly se freca pe frunte, lăsând în urmă o dâră de sânge de la o tăietură pe care și-o făcuse la deget.

— Să dorm, zise ea și scânci ca un copil vlăguit și supărat. Numai el mă lăsa. Să-l strâng în brațe în nopțile friguroase. Am văzut un loc în Mexic. Unde erau cai. Lângă mare.

— Cu cai, lângă mare, o alina doctorul, alegând o seringă din trusa lui neagră.

José își întoarse capul, nu suporta să vadă ace.

— Boala ei e doar jale? întrebă el, iar engleza lui stângace dădu întrebării o notă de ironie involuntară. Ea jelește numai?

— N-a durut deloc, nu-i așa? se interesă doctorul, ștergând grijuliu cu vată brațul lui Holly.

Holly își veni în fire îndeajuns cât să se poată uita țintă la doctor.

— *Totul* doare. Unde îmi sunt ochelarii?

Dar nu avea nevoie de ei. Ochii i se închideau.

— Ea jelește numai? insistă José.

— Vă rog, domnule, zise doctorul destul de tăios, lăsați-mă singur cu pacienta.

José se retrase în camera din față, unde își vărsă nervii pe madam Spanella, care intrase în vârful picioarelor și-și vâra nasul peste tot.

— Nu pune mâna pe mine! Chem poliția, îl amenință ea, în timp ce José o împingea spre ușă, cu un potop de înjurături în portugheză.

Reflectă la ideea de-a mă da și pe mine afară, sau cel puțin așa am crezut, judecând după mutra lui. În schimb, mă invită să bem ceva. Singura sticlă întreagă pe care-am găsit-o era de vermut sec.

— Am o grijă, îmi mărturisi el. Am grijă că iese scandal. A spart tot. S-a purtat ca nebună. Nu trebuie să fiu amestecat în scandal public. E o situație prea delicată: numele meu, munca mea.

Păru să se liniștească atunci când i-am spus că nu văd vreun motiv de „scandal": faptul că cineva își distruge propriile bunuri era, după părerea mea, o chestiune personală.

— E numai jale, îmi declară el cu tărie. Când a venit nenorocirea, mai întâi a aruncat paharul din care bea. Sticla. Cărțile astea. O veioză. Atunci mă sperii. Mă grăbesc să aduc doctor.

— Dar de ce a făcut-o? Voiam să știu. De ce să facă o criză de isterie din pricina lui Rusty? În locul ei, aș fi sărbătorit evenimentul.

— Rusty?

Aveam încă ziarul și i-am arătat titlul articolului.

— O, asta! Rânji oarecum dispre-țuitor. Ne fac mare serviciu, Mag și Rusty. Râdeam de asta; cum își în-chipuie ei că ne fac să suferim, când noi *vrem* tot timpul ca ei să fugă de aici. Te asigur ca râdeam când a ve-nit tristețea. Cercetă cu privirea ră-mășițele risipite pe jos; ridică un ghemotoc de hârtie galbenă. Asta, zise el. Era o telegramă din Tulip, Texas.

Primit înștiințare tânărul Fred ucis în luptă peste ocean stop soțul și copiii tăi sunt alături de tine la durere stop urmează scrisoare toată dragostea Doc.

Holly n-a mai pomenit niciodată de fratele ei; cu o singură excepție. Mai mult, a încetat să-mi mai spună Fred. În iunie, iulie, în toate lunile calde a hibernat ca un animal iernatic, care nu știe că primăvara a sosit și a și trecut. Părul i s-a închis la culoare; s-a îngrășat. A început să nu-i mai pese de haine; a luat obiceiul să dea fuga la magazinul de delicatese îmbrăcată într-un impermeabil lung și fără nimic dedesubt. José s-a mutat în apartament, numele lui a înlocuit numele lui Mag Wildwood pe cartea de vizită de la intrare. Cu toate astea, Holly era singură mai tot timpul, căci José petrecea cel puțin trei zile pe săptămână la Washington. În lipsa lui, Holly nu primea pe nimeni și ieșea rar din apartament, în afară de joi, când își făcea drumul săptămânal la Sing Sing.

Asta nu înseamnă însă că-și pierduse orice interes pentru viață; câtuși de puțin, părea mai mulțumită, mai fericită decât o văzusem vreodată. Un interes subit pentru casă, cu totul nefiresc la Holly, a avut ca rezultat câteva achiziții tot atât de nefirești pentru ea: la o licitație la casa Parke-Bernet a cumpărat o tapiserie cu o vânătoare de cerbi, iar de la lichidarea moștenirii lui William Randolph Hearst, două fotolii mohorâte în stil gotic, așa-zis „confortabile"; a mai cumpărat și întreaga colecție de cărți de la Modern Library, rafturi întregi de discuri de muzică clasică, nenumărate reproduceri ale operelor de la Muzeul Metropolitan (inclusiv o statuetă chinezească reprezentând o pisică, pe care propria ei pisică o ura, o scuipa și în cele din urmă a spart-o), un mixer marca Waring, o oală cu presiune și o întreagă bibliotecă de cărți de bucate.

Își petrecea după-amiezi întregi jucându-se de-a gospodina, agitându-se în bucătăria ei minusculă, sufocantă.

— José spune că mâncarea gătită de mine e mai bună decât cea de la Colony. Sincer, cine ar fi crezut că am un asemenea talent? Acum o lună nu eram în stare să fac nici ouă jumări.

Și, de fapt, nici acum nu era. Felurile simple, o friptură, o salată obișnuită, o depășeau. În schimb, îl hrănea pe José, și uneori pe mine, cu supe bizare (supă de broască țestoasă cu coniac, servită în jumătăți de avocado), găselnițe demne de un Nero (fazan la cuptor umplut cu rodii și curmale japoneze) și alte inovații dubioase (pui cu orez și șofran, servit cu sos de ciocolată: „Un fel clasic din Indiile de Est, dragii mei"). Din cauza războiului, zahărul și frișca erau raționalizate, ceea ce-i limita imaginația când era vorba de dulciuri, dar odată a reușit un desert numit tapioca cu tabac – mai bine să nu-l descriu.

Cum n-ar trebui să descriu nici încercările ei de-a învăța portugheza, o corvoadă la fel de plictisitoare pentru mine ca și pentru ea, căci, de câte ori o vizitam, un disc Linguaphone cu lecții de portugheză se învârtea necontenit la fonograf. Acum, rareori spunea ceva care să nu înceapă cu: „După ce o să ne căsătorim..." sau „Când o să ne mutăm la Rio..." Și totuși, José nu vorbise niciodată despre căsătorie. Recunoștea și Holly.

— Dar, la urma urmei, *știe* că sunt însărcinată. Păi, da, scumpule. În șase săptămâni. Nu văd de ce te surprinde. Pe mine nu. Nici măcar *un peu.* Sunt încântată. Vreau să am cel puțin nouă copii. Sunt convinsă că unii o să aibă pielea cam închisă, José are în el puțin *nègre,* bănuiesc că ai observat. Lucru care nu mă supără deloc; ce poate fi mai nostim decât un bebeluș negru cu ochi verzi strălucitori? Aș dori, te rog, nu râde de mine, dar aș dori să fi fost virgină pentru José. Nu că m-aș fi culcat cu o puzderie, cum zic unii; nu le găsesc vină nemernicilor care spun asta, căci am avut întotdeauna o viață foarte plină. Sincer, acum câteva seri am numărat și am ajuns doar la unsprezece amanți – fără să iau în considerare ce s-a întâmplat mai înainte să împlinesc treisprezece ani, pentru că, la urma urmei, asta chiar că *nu* mai contează. Unsprezece. Asta înseamnă oare că-s curvă? Uită-te la Mag Wildwood. Or la Honey Tucker. Sau la Rose Ellen Ward. Au avut atâția amanți, că-ți vine să le aplauzi. Firește, n-am nimic *împotriva* curvelor. Doar atât că unele dintre ele vorbesc cinstit, dar toate au inimi necinstite. Vreau să spun că nu poți să faci amor cu un tip și să-i iei banii fără măcar să te prefaci că îl iubești. Eu n-am făcut asta niciodată. Nici măcar cu Benny Shacklett și cu toate jigodiile alea. Într-un fel, m-am hipnotizat să cred că jegul lor are un anumit farmec. De fapt, cu excepția lui Doc, dacă vrei să-l pui la socoteală pe Doc, José e prima mea aventură romantică cu o ne-jigodie. Oh, asta nu-nseamnă că e un bărbat absolut *finito* pentru mine. Câteodată mai spune câte-o minciunică și îl îngrijorează ce-o să *gândească* oamenii despre el și face vreo cincizeci de băi pe zi; bărbații ar trebui să miroasă și ei într-un fel. E prea atent, prea prudent ca să fie idealul meu; se întoarce întotdeauna cu spatele când se îmbracă și face prea mult zgomot când mănâncă și nu-mi place să-l văd alergând, fiindcă are ceva ridicol când aleargă. Dacă aș putea alege dintre toți oamenii din lume, uite-așa, să plesnesc din degete și să spun ei, tu, vino-ncoace, nu pe José l-aș alege. Nehru e mai aproape de gustul meu. Wendell Wilkie. M-aș mulțumi oricând cu Greta Garbo. De ce nu? Oamenii ar trebui să poată să se mărite cu bărbați sau femei sau, ascultă, dacă ai veni la mine și mi-ai spune că ai de gând să te însori cu Man o' War[1], ți-aș respecta alegerea. Vorbesc

1. Numele unui cal de curse celebru (n. t.).

serios. Dragostea ar trebui îngăduită în orice împrejurare. Sunt cu totul de acord. Mai ales acum, când știu foarte bine despre ce e vorba. Pentru că îl iubesc pe José *cu adevărat*, aș fi în stare să mă las de fumat dacă mi-ar cere. E *prietenos*, e în stare să mă facă să râd ca să mă scape de starea aia de inimă roșie, atât că nu prea o mai am, doar din când în când, și chiar și atunci nu mai e atât de hidoasă încât să mă-ndop cu Seconal sau să trebuiască să mă târăsc la Tiffany; îi duc costumul la curățat sau fac niște ciuperci umplute și mă simt pe cinste, mă simt grozav. Și încă ceva, am aruncat la gunoi horoscoapele. Trebuie că am cheltuit câte un dolar pentru fiecare afurisită de stea din afurisitul ăla de planetariu. E plicticos, dar răspunsul e că lucrurile bune nu ți se întâmplă decât dacă ești și tu bun. Bun? Cinstit ar fi mai aproape de ce vreau să spun. Adică nu cinstit în sensul legii – aș jefui un mormânt, aș fura bănuții de pe ochii morților dacă mi-aș închipui că asta mi-ar înveseli ziua –, vreau să spun cinstit față de tine însuți. Să fii orice, dar nu un laș, un prefăcut, un escroc sentimental, o curvă; mai degrabă aș vrea să am cancer decât o inimă necinstită. Ceea ce nu înseamnă că sunt pioasă. Doar practică. Cancerul *poate* să te omoare, dar cealaltă treabă *sigur* te omoară. La naiba cu toate astea, dragule, ia dă-mi încoa' chitara, să-ți cant un *fado* în cea mai perfectă limbă portugheză.

Acele săptămâni finale, făcând trecerea între sfârșitul verii și începutul unei alte toamne, mi s-au șters din memorie, poate din pricină că înțelegerea dintre noi ajunsese la acea dulce profunzime când doi oameni pot comunica mai bine prin tăceri decât prin vorbe; o liniște plină de afecțiune înlocuiește încordarea, trăncăneala neobosită și febra continuă care produc momente dramatice în prieteniile măcar în aparență mai spectaculoase. Deseori, când *el* era plecat din oraș (începusem să simt o oarecare ostilitate față de *el* și rareori îi rosteam numele), petreceam împreună seri întregi, în timpul cărora nu schimbam nici o sută de cuvinte; odată am mers până în Chinatown, am mâncat tăiței prăjiți, am cumpărat niște lampioane de hârtie și am furat o cutie cu bețișoare parfumate, apoi ne-am dus pe podul Brooklyn și acolo, în timp ce urmăream vasele care se îndreptau spre ocean și treceau printre stânci și malul plin de lumini, ea mi-a spus:

— După ani și ani, peste mulți, mulți ani, unul dintre vapoarele astea o să mă aducă înapoi, pe mine și pe cei nouă plozi brazilieni pe care-o să-i am. Pentru că, da, *trebuie* să vadă și ei luminile astea, fluviul – iubesc New Yorkul chiar dacă nu e al meu, în felul în care ar trebui să fie ceva, un copac sau o stradă sau o casă, un lucru oarecare, care îmi aparține fiindcă și eu îi aparțin.

Iar eu i-am spus: „Taci din gură", pentru că mă simțeam furios și abandonat – ca un remorcher tras la mal, în vreme ce ea, călătoare strălucitoare spre o destinație sigură, ieșea cu vaporul din port, în șuier de sirene și ploaie de confetti.

Astfel încât zilele, ultimele zile, îmi rătăcesc prin amintire, vag și tomnatic, la fel ca frunzele; până în acea zi unică din viața mea.

S-a întâmplat să cadă pe 30 septembrie ziua mea de naștere, lucru care n-a influențat în nici un fel evenimentele, cu excepția faptului că, așteptând niște bani ca semn că familia nu mă uitase, urmăream venirea poștașului cu mare nerăbdare. De asta am coborât la parter să-l pândesc. Dacă n-aș fi așteptat în vestibul, Holly nu m-ar fi invitat să mergem să călărim; și, în consecință, n-ar fi avut prilejul să-mi salveze viața.

— Hai cu mine, a zis ea când m-a găsit așteptându-l pe poștaș. Hai să plimbăm doi cai prin parc. Purta o jachetă, o pereche de blugi şi pantofi de tenis; se plesni peste stomac, ca să-mi atragă atenţia cât era de plat. Să nu-ţi închipui că am intenţia să mă descotorosesc de moştenitor. Dar e acolo o iapă la care ţin, bătrâna Mabel Minerva, şi nu pot să plec fără să-mi iau rămas-bun de la ea.

— Rămas-bun?

— De sâmbătă într-o săptămână. José a cumpărat biletele de avion.

Într-un soi de transă, am lăsat-o să mă ducă în stradă.

— Schimbăm avionul la Miami. Apoi zburăm peste ocean. Şi peste Anzi. Taxi!

Peste Anzi. În timp ce mergeam cu taxiul prin Central Park, mi s-a părut că zbor şi eu, plutind deznădăjduit peste ţinuturi primejdioase, cu piscuri acoperite de zăpadă.

— Dar nu se poate. La urma urmei, de ce? De ce? Nu poţi să fugi aşa şi să abandonezi pe toată lumea.

— Nu cred că o să-mi ducă cineva lipsa. N-am nici un prieten.

— Eu. Eu o să-ți duc lipsa. Și Joe Bell. Și... milioane alții. Sally, de pildă. Bietul Tomato.

— L-am adorat pe bătrânul Sally, zise ea oftând. Știi că n-am mai fost să-l văd de-o lună? Când i-am spus că plec, a fost un înger. *De fapt*, se încruntă ea, a părut *încântat* că plec din țară. A zis că așa e cel mai bine. Mai devreme sau mai târziu, aveau să se ivească probleme. Dacă o să se afle că nu sunt nepoata lui adevărată. Avocatul borțos, O'Shaughnessy, mi-a trimis cinci sute de dolari. Bani gheață. Un cadou de nuntă de la Sally.

Am simțit nevoia să fiu urâcios.

— Am să-ți dau și eu un cadou. Când și dacă va avea loc nunta.

— O să mă ia de nevastă, nici vorbă, spuse ea râzând. La biserică. Și cu toată familia de față. De-asta așteptăm până ajungem la Rio.

— Știe că ești măritată?

— Ce-i cu tine? Vrei să-mi strici ziua? E o zi frumoasă, dă-mi pace.

— Dar e foarte posibil...

— *Nu* e posibil. Ți-am spus că n-a fost legal. Nu *putea* să fie. Își frecă nasul și mă privi chiorâș: Pomenește numai cuiva despre asta și te spânzur de picioare și te perpelesc la foc mic.

Grajdurile – cred că au fost înlocuite de niște studiouri de televiziune – se aflau pe strada 66, în West Side. Holly a ales pentru mine o iapă bătrână, alb cu negru.

— Nu te teme, e mai sigură ca un leagăn de copil.

Ceea ce în cazul meu era o garanție necesară, căci toată experiența mea ecvestră se reducea la călăritul căluților de carusel când fusesem mic. Holly m-a ajutat să mă cocoț în șa, apoi s-a urcat pe calul ei argintiu, care a luat-o înainte în timp ce mergeam în trap săltat prin circulația din Central Park și intram pe o alee de călărie împestrițată de frunze care dansau în vântul ce dezgolea copacii.

— Vezi, zise ea, e grozav.

Și dintr-odată chiar era grozav. Deodată, în timp ce mă uitam la culorile amestecate din părul lui Holly scânteind în lumina roșie-aurie a frunzelor, am iubit-o destul cât să uit de mine, de disperarea și de autocompătimirea mea, și să fiu fericit că avea să se întâmple ceva care pentru ea era prilej de fericire. Încetișor, caii au luat-o la trap, rafale de vânt ne loveau, ne plesneau peste fețe, ne cufundam și ieșeam din petele de soare și bălțile de umbră, fericirea de-a trăi mă străbătea ca niște unde de foc. A durat un minut; în clipa următoare am nimerit într-o farsă sinistră.

Căci deodată, ca niște sălbatici care pândesc în junglă, o șleahtă de băieți negri au țâșnit din tufișurile de lângă cărare. Zbierând, înjurând și aruncând cu pietre, au început să bată caii pe crupe cu bețele.

Calul meu, iapa bălțată cu alb și negru, se ridică pe picioarele dindărăt, necheză, se clătină ca un acrobat pe sârmă, apoi o luă la goană pe alee, încât mi s-au desprins picioarele din scări și am rămas agățat nesigur de șa. Copitele îi scoteau scântei pe pietrișul potecii. Cerul mi se învârtea deasupra capului. Copaci, un lac cu vaporașe de jucărie, niște statui au trecut vârtej pe lângă mine. Guvernantele s-au repezit să salveze copiii de amenințarea care se apropia. Trecători, vagabonzi, alți oameni strigau: „Trage de hățuri! Hai, băiete, hai!“ și „Sări jos de pe cal!“. Mi-am amintit de voci mult mai târziu; în clipa aceea nu eram conștient decât de Holly, de zgomotul de copite al calului ei care alerga în urma mea fără să mă ajungă și de strigătele ei de îmbărbătare. Înainte: de-a curmezișul parcului și până pe Fifth Avenue; m-am năpustit în mijlocul circulației de la ora prânzului, printre taxiuri și autobuze care scârțâiau din frâne, încercând să mă evite. Am trecut de Palatul Duke, de

Muzeul Frick, de hotelul Pierre și de Plaza. Dar Holly câștiga teren; în plus, un polițist călare se alăturase cursei; mi-au încadrat iapa, care alerga nebunește, și au strâns-o din ambele părți ca într-un cleşte, silind-o să se oprească, plină de sudoare. Atunci am căzut în sfârșit de pe iapă. Am căzut, dar m-am sculat și am rămas în picioare, fără să înțeleg prea bine unde mă aflu. Se strânsese o mulțime de lume. Polițistul bombănea și scria ceva într-un carnet; apoi mi-a arătat o oarecare compătimire, a zâmbit ironic și a spus că o să aranjeze el ca cei doi cai să fie duși înapoi la grajd.

Holly m-a suit într-un taxi.

— Scumpule, cum te simți?

— Bine.

— Dar nu ai *deloc* puls, a zis ea, pipăindu-mi încheietura mâinii.

— Atunci înseamnă că am murit.

— Nu, prostule. Vorbesc serios. Uită-te la mine.

Nenorocirea era că nu puteam s-o văd; sau, mai degrabă, vedeam mai multe Holly, un trio de fețe transpirate și atât de palide din pricina îngrijorării, încât m-am simțit și emoționat, și încurcat.

— Pe cuvânt. Nu simt nimic. Doar rușine.

— Te rog. Ești sigur? Spune drept. Puteai să fii omorât.

— Dar n-am fost. Și îți mulțumesc. Că mi-ai salvat viața. Ești minunată. Unică. Te iubesc.

— Nebun ce ești.

Mă sărută pe obraz. Apoi am văzut-o în patru exemplare și mi-am pierdut cunoștința.

În seara aceea, fotografii cu Holly se lăfăiau pe prima pagină a ultimei ediții *Journal-American* și a primei ediții *Daily News* și *Daily Mirror*. Publicitatea n-avea nimic de-a face cu caii scăpați din frâu. Viza un subiect cu totul diferit, așa cum relevau titlurile: O MONDENĂ A FOST ARESTATĂ ÎNTR-UN SCANDAL CU STUPEFIANTE (*Journal-American*), O ACTRIȚĂ

A FOST ARESTATĂ PENTRU TRAFIC DE DROGURI (*Daily News*), A FOST DESCOPERITĂ O REȚEA DE TRAFICANȚI, O FATĂ DIN ÎNALTA SOCIETATE REȚINUTĂ DE POLIȚIE (*Daily Mirror*).

Dintre toate ziarele, *News* a publicat poza cea mai senzațională: Holly intrând în comisariat, înghesuită între doi detectivi plini de mușchi, un bărbat și o femeie. În acest context sordid, până și hainele de pe ea (purta încă acel costum de călărie, jacheta și blugii) o făceau să arate ca o golancă, impresie pe care o întăreau ochelarii negri, părul zburlit și țigara Picayune atârnând între buzele ei bosumflate. Legenda spunea: *Holly Golightly, în vârstă de douăzeci de ani, vedetă de cinema și o celebritate în lumea mondenă, acuzată de procuratura districtuală drept elementul cheie într-o rețea de trafic internațional cu stupefiante, asociat cu Salvatore „Sally“ Tomato. Detectivii Patrick Connor și*

Sheilah Fezzonetti (stânga și dreapta) apar în fotografie escortând-o la comisariatul de poliție de la strada 67. Citiți amănuntele în pagina 3. Amănuntele, incluzând și poza unui bărbat identificat ca Oliver „Părintele" O'Shaughnessy (ascunzându-și fața cu pălăria) se întindeau pe trei coloane. Iată, oarecum condensate, paragrafele cele mai semnificative: *Lumea mondenă a aflat astăzi cu uimire despre arestarea superbei Holly Golightly, vedetă de cinema de la Hollywood, în vârstă de douăzeci de ani, foarte cunoscută în societatea din New York. În același timp, în jurul orei două după-amiază, poliția l-a arestat și pe Oliver O'Shaughnessy, de 52 de ani, cu domiciliul la hotel Seaboard, pe strada 49, în timp ce ieșea din restaurantul Hamburg Heaven de pe Madison Avenue. Procurorul districtual Frank L. Donovan presupune că ambii sunt figuri importante într-o rețea internațională de traficanți de droguri, condusă de bine-cunoscutul șef mafiot Salvatore „Sally"*

Tomato, actualmente închis la Sing Sing, unde ispăşeşte o pedeapsă de cinci ani pentru dare de mită... O'Shaughnessy, un preot răspopit, cunoscut printre altele în cercurile criminale drept „Părintele" sau „El Padre", are cazier încă din 1934, când a fost condamnat la doi ani de închisoare pentru înfiinţarea unui fals azil psihiatric în Rhode Island, denumit Mănăstirea. Domnişoara Golightly, care nu are cazier, a fost arestată în apartamentul ei luxos, situat într-un cartier foarte şic din partea de est a oraşului...

Deşi biroul procurorului districtual n-a dat publicităţii nici o declaraţie oficială, surse de încredere afirmă că blonda şi frumoasa actriţă, nu demult văzută adesea în compania multimilionarului Rutherford Trawler, a servit ca legătură între Tomato, deţinut la Sing Sing, şi omul lui de încredere O'Shaughnessy... Dându-se drept o rudă a lui Tomato, domnişoara Golightly e acuzată că i-a făcut vizite săptămânal la Sing Sing, cu care prilej Tomato îi încredința mesaje orale codificate, pentru a le transmite lui O'Shaughnessy. Prin această legătură, Tomato, presupus a se fi născut la Cefalu, în Sicilia, în 1874, a reușit să mențină controlul asupra cartelului internațional al drogurilor, cu ramificații în Mexic, Cuba, Sicilia, Tanger, Teheran și Dakar. Procuratura districtuală a refuzat să dea amănunte asupra acestor acuzații sau chiar să le verifice... Anunțați dinainte, numeroși reporteri au fost de față când cei doi acuzați au sosit la comisariatul de pe strada 67, pentru a fi inculpați oficial. O'Saughnessy, un bărbat roșcovan și solid, a refuzat să comenteze și a lovit un fotograf în plex. În schimb, domnișoara Golightly, cu un aspect fragil, deși îmbrăcată băiețește, în pantaloni și jachetă de piele, a părut oarecum indiferentă: „Nu mă întrebați despre ce e vorba", le-a spus ea reporterilor, „parce que je ne sais pas, mes chères *(pentru că nu știu, iubiților). Da, l-am vizitat pe Sally Tomato. Mă duceam să-l văd în fiecare săptămână. Care e problema? Sally crede în Dumnezeu, ca și mine“...*

Apoi, un subtitlu: „RECUNOAȘTE CĂ E DROGATĂ“: *Domnișoara Golightly a zâmbit când un reporter a întrebat-o dacă ia și ea droguri. „Am încercat nițică marijuana. Nu e nici pe departe atât de vătămătoare cum e coniacul. E și mult mai ieftină. Deși eu prefer coniacul, din păcate. Nu, domnul Tomato nu mi-a vorbit niciodată de droguri. Sunt furioasă când văd că nemernicii ăștia continuă să-l persecute. E un om sensibil, o persoană credincioasă. Un bătrânel adorabil.“*

Există o eroare absolut grosolană în acest articol: Holly n-a fost arestată în „luxosul ei apartament“, ci în baia mea. Încercam să-mi alin durerile provocate de cursa călare, cufundat în apă fierbinte, în care pusesem niște săruri Epsom; ca o infirmieră atentă, Holly se așezase pe marginea căzii, așteptând să mă ungă pe spate cu ulei calmant Sloan și să mă vâre în pat. Am auzit o bătaie la ușa de la intrare. Cum nu era încuiat, Holly a strigat „Intră". Și a intrat madam Sapphia Spanella, urmată de doi detectivi în civil, un bărbat și o femeie cu cozi groase galbene, prinse colac în jurul capului.

— *Uite-o!* Femeia pe care-o caută poliția! a tunat madam Spanella, dând buzna în baie și arătând cu degetul spre Holly, apoi spre goliciunea mea. Uitați-vă ce curvă e!

Detectivul bărbat părea stânjenit de madam Spanella și de situație; dar pe figura însoțitoarei lui se citi o plăcere grosolană – își trânti mâna pe umărul lui Holly și, cu un glas surprinzător, de fetișcană, îi spuse:

— Hai, fătuco. Mergi cu noi.

La care Holly îi răspunse cu răceală:

— Ia-ți labele de culegătoare de bumbac de pe umărul meu, lesbiană bătrână și toantă!

Lucru care a cam înfuriat-o pe cucoană: a pocnit-o pe Holly al naibii de tare. Atât de tare, încât i s-a smucit capul și sticla cu ulei i-a zburat din mână și s-a făcut țăndări pe podea; când am sărit din cadă ca să iau parte la încăierare, am călcat pe cioburi și aproape că mi-am retezat degetele de la picioare. Gol și lăsând în urmă picături de sânge, am urmărit acțiunea până la intrare. Holly a reușit să-mi dea instrucțiuni în timp ce detectivii o împingeau pe scări:

— Te rog, nu uita, dă-i pisicii de mâncare.

Firește, am crezut că madam Spanella e de vină: chemase poliția de mai multe ori ca să se plângă de Holly. Nu mi-a trecut prin minte că afacerea ar putea să aibă asemenea proporții până seara, când Joe Bell mi-a vânturat ziarele pe sub nas. Era prea agitat ca să vorbească normal; se învârtea prin cameră, lovindu-și pumnii unul de celălalt, în timp ce eu citeam articolul.

— Crezi că e adevărat? zise el. A fost amestecată în mizeria asta?

— Mda.

Vârî în gură o pastilă împotriva acidității și mă fulgeră din priviri, în timp ce zdrobea tableta de parcă mi-ar fi ronțăit oasele.

— Și pretinzi că-i ești prieten. Ce ticălos!

— Stai o clipă. N-am spus că e amestecată *conștient*. Nu e. Dar chiar a făcut treaba asta, a dus mesaje și, mă rog...

Zise:

— Văd că iei lucrurile cu mult calm, nu-i așa? Iisuse, ar putea să-i dea zece ani de închisoare. Sau mai mult. Îmi smulse ziarul din mână. Îi știi pe prietenii ei. Tipii ăia bogați. Hai jos la bar, să le dăm telefon. Fata va avea nevoie de avocați mai buni decât cei pe care îmi dă mie mâna să-i angajez.

Eram prea îndurerat și zguduit ca să mă pot îmbrăca singur: a trebuit să mă ajute Joe Bell. Când am ajuns în barul lui, m-a vârât în cabina telefonică, cu un martini triplu și cu un pahar de coniac plin de fise. Dar n-am știut cui să-i telefonez. José era la Washington și habar n-aveam cum să dau de el acolo. Rusty Trawler? Nu canalia aia! Dar ce alți prieteni de-ai ei cunoșteam? Poate că avusese dreptate când îmi spusese că n-avea nici unul, nici unul adevărat.

Am cerut numărul Crestwiew 5-6958 din Beverly Hills, pe care îl căpătasem de la serviciul de informații când am întrebat de numărul lui O.J. Berman. Persoana care a răspuns mi-a comunicat că domnul Berman se află într-o ședință de masaj și nu poate fi deranjat; regret, încercați mai târziu.

Joe Bell a luat foc, mi-a spus că ar fi trebuit să insist, că era o chestiune de viață și de moarte; a insistat să încerc să-l găsesc pe Rusty.

Mai întâi am vorbit cu majordomul domnului Trawler. Domnul și doamna

Trawler, m-a anunţat el, iau cina, ar putea să preia el mesajul? Joe Bell urlă în receptor:

— E foarte urgent, domnule. E o chestiune de viaţă şi de moarte.

Urmarea a fost că m-am pomenit vorbind sau, mai bine zis, ascultând-o pe fosta Mag Wildwood.

— Nu vă e ruşine? a spus ea. Soţul meu şi cu mine vom da *în judecată* pe oricine va încerca să lege numele noastre de cel al fetei ăsteia re-re-re-voltătoare şi de-de-degenerate. Am *ştiut* întotdeauna că e o drogată şi că n-are morală nici cât o căţea în călduri. Locul ei e la puşcărie. Iar soţul meu e sută la sută de acord cu mine. O să dăm *în judecată* pe oricine....

Când puneam receptorul în furcă, mi-am amintit de bătrânul doctor din Tulip, statul Texas; dar nu, lui Holly nu i-ar fi plăcut deloc dacă l-aş fi sunat, era în stare să mă omoare dacă făceam asta.

Am telefonat din nou în California; linia era ocupată şi a tot fost ocupată, așa că atunci când O.J. Berman a venit la telefon, băusem atâta martini, că a trebuit să-mi spună el de ce-l caut.

— E vorba de puștoaică, nu-i așa? Am aflat deja. Am și vorbit cu Iggy Fitelstein. Iggy e cel mai bun avocat din New York. I-am spus: Iggy, ocupă-te, trimite-mi nota de plată, dar să nu spui la nimeni cine te-a angajat. Îi sunt dator puștoaicei. Mă rog, nimic *serios*, dacă vrei să știi. E o țicnită. O impostoare. Dar una autentică. Oricum, i-au stabilit o cauțiune de numai zece mii de dolari. Nu-ți face griji, Iggy o s-o scoată din închisoare chiar în seara asta, nu m-aș mira dacă între timp a și ajuns acasă.

Dar nu era acasă și nu se întorsese nici a doua zi dimineață, când m-am dus să-i dau de mâncare pisicii. Cum n-aveam cheia apartamentului ei, am luat-o pe scara de incendiu și am intrat pe fereastră. Pisica era în dormitor și nu era singură: un tip se afla acolo, aplecat asupra unui geamantan.

Am crezut amândoi că celălalt e spărgător și ne-am uitat stânjeniți unul la altul, în timp ce intram pe fereastră. Tipul avea un chip frumușel, păr dat cu briantină și semăna un pic cu José; în plus, îndesa în geamantan hainele pe care José le ținea la Holly, pantofii și costumele cu care-și bătea ea capul, pe care le ducea tot timpul la curățătorie sau la croitor. Sigur că nu mă înșel, l-am întrebat:

— V-a trimis domnul Ybarra-Jaegar?

— Sunt vărul lui, a răspuns el cu un surâs prudent și cu un accent abia inteligibil.

— Unde e José?

A repetat întrebarea, ca și cum ar fi tradus-o într-o altă limbă.

— Ah, *unde* e! Ea așteaptă, zise el și, cu aerul că mă concediază, începu din nou să împacheteze.

Așadar, diplomatul avea de gând s-o șteargă. Nu m-am mirat și nici nu mi-a părut rău deloc. Și totuși, ce chestie jalnică.

— Ar merita să fie biciuit.

Vărul chicoti. Sunt sigur că a înțeles ce-am zis. A închis geamantanul și a scos o scrisoare.

— Vărul meu, ea cerut las asta aici pentru amic. Vrei ești amabil?

Pe plic scria: *Pentru domnișoara Holly Golightly. Prin bunăvoință.*

M-am așezat pe patul lui Holly, am strâns la piept pisica și am suferit pentru ea, la fel de rău cum avea să sufere și ea.

— Da, o să fiu amabil.

Și am fost, deși nu aveam nici un chef. N-am avut însă curaj să distrug scrisoarea și nici tăria s-o țin în buzunar atunci când Holly, foarte ocolit, m-a întrebat dacă nu cumva am vreo veste de la José. S-a întâmplat peste două zile, dimineața; stăteam la căpătâiul patului ei, într-o încăpere care mirosea a iod și a țucal, o cameră de spital. Holly stătea acolo din noaptea arestării ei.

— Ei, scumpule, mă întâmpină ea, în timp ce mă apropiam în vârful picioarelor, cu un carton de țigări Picayune și un buchețel de violete de toamnă. Am pierdut moștenitorul.

Nu-i dădeai mai mult de doisprezece ani; părul ei blond, de culoarea cremei de vanilie, era pieptănat peste cap, iar ochii ei, de data asta lipsiți de ochelarii de soare, erau limpezi ca apa de ploaie; greu de crezut cât fusese de bolnavă.

Cu toate acestea, fusese.

— Hristoase, era cât pe ce să dau ortul popii. Fără glumă, grăsana mai că mă înșfăcase. Făcea mare tămbălău. Cred că nu ți-am povestit niciodată despre grăsană, dar n-am aflat nici eu de existența ei decât după ce-a murit frate-meu. M-am întrebat atunci unde a plecat, ce înțeles avea moartea lui Fred; și atunci am văzut-o, era acolo în încăpere cu mine și îl ținea pe Fred în brațe, o drăcoaică roșie, grasă și rea, legănându-se în balansoar cu Fred în poală și râzând ca o fanfară. Ce bătaie de joc! Dar asta ne așteaptă pe toți, prietene, o comediană care îți livrează aceeași glumă proastă. Acum înțelegi de ce am înnebunit și am spart totul?

În afară de avocatul angajat de O.J. Berman, numai eu aveam dreptul s-o văd. Împărțea salonul cu alte paciente, trei cucoane care semănau între ele de parcă erau gemene și care, cercetându-mă absorbite cu un interes nu lipsit de amabilitate, făceau presupuneri vorbind în șoaptă pe italienește. Holly mi-a explicat:

— Își închipuie că tu ești iubitul din cauza căruia am ajuns în mocirlă. Tipul care m-a nenorocit. Și, când i-am sugerat să corecteze greșeala, a zis: Nu pot. Nu vorbesc englezește. Nici nu mă gândesc să le stric distracția.

Atunci m-a întrebat de José.

De cum a zărit scrisoarea, s-a uitat cruciș la ea; buzele i s-au curbat într-un zâmbet mărunt și crispat, care a îmbătrânit-o nespus de mult.

— Scumpule, mi-a cerut, vrei să cauți în sertarul ăla și să-mi dai poșeta? O fată nu trebuie să citească asemenea lucruri fără să se fi rujat mai înainte.

Uitându-se în oglinda din pudrieră, s-a pudrat și a alungat cu fardurile orice vestigiu al vârstei de doisprezece ani. Și-a pictat buzele cu roșu dintr-un tub și și-a colorat obrajii din alt tub; și-a conturat ochii cu creionul, și-a dat cu rimel albastru pe gene și s-a parfumat pe gât cu colonie 4711; și-a pus cerceii cu perle și ochelarii de soare; astfel blindată și după o scurtă privire dezaprobatoare aruncată unghiilor ei mizerabile, a deschis scrisoarea și și-a lăsat privirea să parcurgă rândurile, în timp ce zâmbetul de piatră îi devenea din ce în ce mai mic și mai rece. În cele din urmă, mi-a cerut o țigară Picayune. A tras din ea o dată.

— Are un gust infect. Dar divin, spuse ea și îmi aruncă scrisoarea. Poate că o să-ți fie de folos dacă o să scrii vreo poveste de dragoste despre o jigodie. Nu te zbârli, citește-o cu voce tare. Aș vrea s-o aud și eu.

Începea cu: „Scumpa mea fetiță"...

Holly mă întrerupse imediat. Dorea să știe ce părere am despre scris. N-aveam nici o părere: un scris înghesuit, foarte citeț, fără nimic deosebit.

— Ăsta-i el, întru totul. Ferchezuit și constipat, declară ea. Dă-i drumul mai departe.

— „Scumpa mea fetiță, te-am iubit fiindcă am știut că nu ești ca celelalte. Dar încearcă să înțelegi disperarea mea când am descoperit, într-un mod atât de brutal și de public, cât ești de diferită de femeia pe care un bărbat cu credința și cariera mea s-ar simți îndemnat s-o ia de soție. Sufăr adânc din pricina situației rușinoase în care te afli în împrejurările actuale și nu mă lasă inima să adaug condamnarea mea la condamnarea generală care te lovește. Așa încât sper ca nici pe tine să nu te lase inima să mă condamni. Trebuie să-mi apăr familia și numele și, când e vorba de aceste instituții, devin laș. Iartă-mă, copilă frumoasă. Nu mai sunt alături de tine. Am plecat acasă. Sper ca Domnul să fie întotdeauna cu tine și copilul tău. Fie ca Domnul să nu se poarte cu tine ca al tău José."

— Ce părere ai?

— Într-un fel, mi se pare cinstit. Chiar emoționant.

— *Emoționant!* Vorbăria asta înțepată?

— Dar în fond *spune* că e laș. Iar din punctul lui de vedere, trebuie să înțelegi...

Holly nu voia însă să recunoască fățiș că înțelege; dar figura ei mărturisea adevărul, în ciuda măștii cosmetice.

— În regulă, nu e jigodie fără motiv. Nu e o jigodie colosală, o jigodie cât King Kong, ca Rusty sau ca Benny

Shacklett. Dar, of, drăcia dracului, spuse ea și își vârî pumnul în gură ca un copil mic care plânge, *l-am iubit*. Jigodia.

Doamnele din trioul italian și-au imaginat că e o ceartă între îndrăgostiți și au atribuit vina pentru suspinele lui Holly celui care considerau că o merită, adică mie; au început să țâțâie dezaprobator la adresa mea. Am fost măgulit, mândru că cineva putea să-și închipuie că lui Holly îi păsa de mine. S-a liniștit când i-am oferit o altă țigară. Înghiți în sec și spuse:

— Domnul să te binecuvânteze, amice. Binecuvântat să fii pentru că ești un călăreț atât de prost. Dacă n-ar fi trebuit să fac pe Calamity Jane[1], acum aș aștepta să se nască gâza aia, într-un azil pentru mame nemăritate. De la efortul fizic mi s-a tras. Dar am băgat frica în toată secția de poliție spunând că e din cauză că m-a pocnit madam Lesbi. Da, dom'le, îi pot da

1. Eroină de filme și de povestiri cu cowboy, prototipul bunei călărețe (n. t.).

în judecată din mai multe motive, inclusiv arestare abuzivă.

Până în acel moment evitasem să pomenim de cele mai sinistre încurcături ale ei, iar faptul că vorbea în glumă despre ele mi s-a părut cumplit și jalnic, pentru că îi scotea la iveală incapacitatea de a înțelege realitățile sumbre pe care le avea în față.

— Ascultă, Holly, i-am spus, gândindu-mă că trebuie să mă arăt tare, matur, ca un fel de unchi. Ascultă, nu putem lua situația în glumă. Trebuie să vedem ce se poate face.

— Ești prea tânăr ca să fii atât de înțepat. Prea mic. Și apropo, ce te privește pe tine?

— Nu mă privește. Dar ești prietena mea și îmi fac griji. Vreau să știu ce ai de gând.

Își frecă nasul și-și aținti privirea în tavan.

— Azi e miercuri, nu? Așa că presupun c-o să dorm până sâmbătă, să trag un *schlufen*[1] bun. Sâmbătă dimineață o să trec pe la bancă. Apoi o să trec pe acasă să iau o cămașă de noapte sau două și rochia Mainbocher. După care o să mă reped la aeroportul Idlewild. Unde, după câte știi, am un bilet perfect valabil pentru un zbor perfect valabil. Și pentru că îmi ești un prieten atât de bun, am să-ți dau voie să-mi faci cu mâna. *Te rog*, încetează să mai dai așa din cap.

— Holly, Holly, nu poți să faci asta.

— *Et pourquoi pas?* N-o să alerg cu limba scoasă după José, dacă asta îți închipui. În ceea ce mă privește, nu mai e decât o umbră de la capătul lumii. Dar de ce să ratez un bilet de avion absolut valabil? Și plătit, pe deasupra. În plus, n-am fost niciodată în Brazilia.

— Ce fel de pilule ți-au dat aici? Nu pricepi că ești acuzată într-o chestiune penală? Dacă te prind că încalci

---

1. Somn (corect în limba germană *schlafen* – a dormi) (n. t.).

cauțiunea, o să te bage la zdup. Și chiar dacă reușești să pleci, n-o să te mai poți întoarce niciodată.

— Mare brânză. Oricum, căminul e locul unde te simți ca acasă. Îl caut încă.

— Nu, Holly, e o nebunie. Ești nevinovată. Trebuie să stai aici și să-ți dovedești nevinovăția.

— Tra, la, la, zise ea și îmi suflă fumul în față.

Era totuși emoționată; făcuse ochii mari, ca și mine, la gândul atâtor imagini înfiorătoare: celule de fier, coridoare de oțel cu uși care se închid în urmă, una câte una.

— La dracu', zise ea și își stinse țigara. Am destule șanse să *nu* mă prindă. Cu condiția ca *tu* să-ți ții *la bouche fermée.* Ascultă. Nu mă disprețui, scumpule. Își puse mâna peste a mea și mi-o strânse, cu o sinceritate subită și totală. Nu prea am de ales. Am discutat asta cu avocatul meu. O, nu i-am spus nimic *despre* Rio, e în stare să anunțe chiar el poliția decât să riște să-și piardă comisionul, ca să nu mai vorbesc de banii pe care i-a dat O.J. pentru cauțiune. Fie inima lui O.J. binecuvântată, dar, odată, în California, l-am ajutat să câștige mai mult de zece miare la pocher dintr-odată, așa că suntem chit. Nu, uite care e problema: polițaii nu vor decât să mă-nghesuie de câteva ori pe gratis și apoi să fiu martoră la proces împotriva lui Sally, nimeni n-are intenția să mă dea pe mine-n judecată, n-au nici cea mai mică umbră de dovadă împotriva mea. Mă rog, poate c-oi fi eu depravată până-n fundul sufletului, *dar* de venit ca martor împotriva unui prieten n-am să vin. Nici dacă mi s-ar demonstra c-a otrăvit o mănăstire întreagă. Eu măsor oamenii după felul cum s-au purtat cu mine, și bătrânul Sally, mă rog, n-a fost chiar cinstit-cinstit față de mine, să spunem că a profitat oarecum de situație, dar același Sally e un tip corect și mai degrabă o las pe grăsană să mă ia mai devreme decât să-i ajut pe oamenii legii să-l înhaţe. Apropiind oglinda pudrierei de obraz şi întinzându-şi rujul pe buze cu degetul mic încovoiat, spuse: Şi, ca să fiu sinceră, asta nu-i tot. Lumina reflectoarelor nu face bine la tenul unei fete. Chiar dacă juraţii mă decorează cu Inima Purpurie, nu mai am viitor în cartier; tot ei trag sforile peste tot, de la LaRue şi până la birtul Perona şi, crede-mă pe cuvânt, aş fi la fel de bine-venită ca ciuma. Şi dacă ai trăi, ca mine, de pe urma unor talente speciale, atunci, scumpule, ai pricepe ce faliment m-ar paşte. Uf, uf, nici nu vreau să mă gândesc că aş ajunge atât de rău încât să trebuiască să dansez la Roseland, frecându-mă de tot soiul de mitocani din West Side. În timp ce distinsa madam Trawler îşi fâţâie dosul pe la Tiffany. N-aş fi în stare să suport. Prefer grăsana, oricând.

O infirmieră intră fără zgomot în cameră şi mă informă că orele de vizită se încheiaseră. Holly încercă să protesteze, dar infirmiera o reduse la tăcere, vârându-i un termometru în gură. Pe când mă pregăteam să plec, scoase termometrul și-mi spuse:

— Fă-mi un serviciu, scumpule. Telefonează la ziarul *Times* sau unde crezi tu că e cazul și fă-mi rost de lista primilor cincizeci de bogătași din Brazilia. *Nu* glumesc. Primii cincizeci de pe lista bogătașilor; indiferent de rasă sau culoare. Și alt serviciu: caută prin apartament și vezi, poate găsești medalia Sfântului Cristofor pe care mi-ai dat-o. O să am nevoie de ea în călătorie.

Cerul era roșu în seara aceea de vineri, tuna, iar sâmbăta, ziua plecării, orașul se legăna sub un potop de ploaie. Prin văzduh ar fi putut înota și rechinii, așa că era puțin probabil ca un avion să-l poată străbate.

Holly însă, ignorând convingerea mea plină de încântare că avionul nu va decola nicăieri, și-a continuat pregătirile, lăsând, trebuie să spun, greul pe seama mea. Căci hotărâse că nu era prudent din partea ei să vină acasă. Și avea dreptate; clădirea era supravegheată de poliție, de reporteri și de alte persoane interesate pe care n-aveam de unde să le știm, uneori doar un bărbat, alteori mai mulți care dădeau târcoale pe-acolo. Așa încât Holly se dusese de la spital la bancă și de-acolo direct la barul lui Joe Bell.

— Nu crede că a fost urmărită, mi-a spus Joe Bell când mi-a adus un mesaj de la Holly, care voia să se întâlnească cu mine la bar cel mai târziu într-o jumătate de oră, și să-i aduc acolo: Bijuteriile. Chitara. Periuța de dinți și așa mai departe. Și o sticlă de coniac vechi de o sută de ani; zice că e ascunsă în fundul coșului cu rufe murdare. A, da, și pisica. Dar, la naiba, zise Joe, nu știu dacă e bine s-o ajutăm. Ar trebui apărată chiar de ea însăși. Pe mine, unul, mă bătea gândul să informez poliția. Poate că dacă mă duc la bar și îi pregătesc niște băuturi, aș putea s-o îmbăt destul cât s-o fac să se lase păgubașă.

Împiedicându-mă și alunecând pe scara de incendiu dintre apartamentul lui Holly și al meu, bătut de vânt, obosit și ud până la os (și zgâriat până la os, căci pisica nu privea cu ochi buni evacuarea ei pe o vreme atât de nemiloasă), am reușit să fac o treabă rapidă și competentă, adunând posesiunile cu care Holly avea de gând să plece. Am găsit până și medalia Sfântului Cristofor. Totul era grămadă în mijlocul camerei mele, o piramidă sfâșietoare de sutiene, pantofi de dans și tot felul de lucrușoare nostime pe care le-am împachetat în singurul geamantan al lui Holly. Mai rămăseseră o mulțime pe dinafară și a trebuit să le vâr în pungi de hârtie. Nu-mi dădeam seama cum să transport pisica; până mi-a venit ideea s-o bag într-o față de pernă.

Nu contează de ce, dar odată am mers pe jos de la New Orleans la Nancy's Landing, în Mississippi, adică vreo șapte sute de kilometri. A fost floare la ureche în comparație cu drumul până la barul lui Joe Bell. Chitara s-a umplut cu apă de ploaie, apa a muiat pungile, pungile s-au rupt și sticluțele cu parfum s-au vărsat pe trotuar, perlele s-au rostogolit în rigolă, în timp ce vântul mă lua pe sus și pisica mă zgâria și miorlăia; dar mai rea decât toate era frica, mă speriasem, eram la fel de laș ca José: străzile acelea bântuite de furtună păreau pline de năluci invizibile, așteptând să mă prindă, să mă închidă fiindcă ajutam o femeie urmărită de lege.

Femeia urmărită de lege a spus:

— Ai întârziat, băiete. Ai adus coniacul?

Pisica, eliberată, a sărit și s-a cocoțat pe umărul lui Holly; coada i se învârtea ca o baghetă dirijând o rapsodie. Holly părea și ea pătrunsă de muzică, un fel de ta-ra-ta-ta sonor de *bon voyage*. Destupă sticla de coniac și zise:

— Asta urma să facă parte din zestrea mea. Ideea era ca, la fiecare aniversare, soțul meu și cu mine să bem o dușcă. Dar Dumnezeu a hotărât altfel. Domnule Bell, adu, te rog, trei pahare.

— N-ai nevoie decât de două, îi spuse el. N-o să beau în cinstea prostiilor tale.

Cu cât îl lingușea mai mult („Ah, domnule Bell. O doamnă nu dispare în fiecare zi. Nu vrei să ciocnești un pahar cu ea?"), cu atât mai morocănos era:

— Nu vreau să fiu amestecat în chestia asta. Dacă vrei să te duci la dracu', atunci fă-o de una singură. Fără ajutorul meu.

O declarație inexactă, pentru că, la câteva secunde după ce-a terminat de vorbit, o limuzină cu șofer a tras în fața barului. Holly, prima care a observat-o, a pus paharul cu coniac pe tejghea și a înălțat sprâncenele, ca și cum s-ar fi așteptat să-l vadă coborând din ea pe procurorul districtual în persoană. Și eu am crezut la fel. Iar când am văzut că Joe Bell se înroșește la față, n-am putut să nu-mi spun: „Dumnezeule, Joe a chemat poliția". Dar Joe a anunțat plin de jenă:

— Nu-i nimic. E un Cadillac dintr-alea de la Carey. Eu l-am închiriat. Ca să te ducă la aeroport.

S-a întors cu spatele la noi și a început să aranjeze florile din vază. Holly a spus:

— Dragul și bunul domn Bell. Uită-te la mine.

Dar Joe a refuzat. A smuls florile din vază și le-a aruncat spre ea; n-au nimerit-o și s-au răspândit pe jos.

— La revedere, a spus el; apoi, ca și cum ar fi fost gata să vomite, s-a repezit la closet.

Am auzit cum încuia ușa.

Șoferul limuzinei era un tip stilat, care a acceptat bagajele noastre improvizate cu multă politețe și a rămas cu același chip ca de piatră atunci când limuzina a pornit prin ploaia care se rărea, iar Holly și-a scos hainele de pe ea, costumul de călărie pe care nu avusese când să-l schimbe, și s-a luptat să intre într-o rochie strâmtă, neagră. N-am vorbit; discuția nu putea decât să ducă la ceartă; iar Holly părea prea preocupată ca să-i ardă de conversație. Fredona încet, pentru sine, bea coniac, se apleca tot timpul ca să se uite pe geamuri, ca și cum ar fi căutat o adresă sau, mi-am zis, ca și cum ar fi vrut să ia cu ea o ultimă amintire a unei scene pe care nu voia s-o uite. Nici vorbă însă de așa ceva.

— Oprește aici, i-a ordonat ea șoferului și limuzina a tras la trotuar pe o stradă din Harlemul Spaniol.

Un cartier sălbatic, pestriț, arțăgos, plin de afișe cu vedete de cinema și cu Sfânta Fecioară. Gunoi pe trotuare, coji de fructe și ziare putrezite spulberate de vânt, căci vântul încă sufla tare, deși ploaia se mai liniștise și cerul începuse să se însenineze.

Holly se dădu jos din mașină și luă pisica cu ea. O legănă în brațe, apoi o scărpină pe cap și îi spuse:

— Ce zici? Mi se pare un loc ideal pentru un tip dur ca tine. Lăzi de gunoi. O groază de șobolani. O mulțime de pisici vagaboande cu care să te înhăitezi. Așa că întinde-o! spuse ea și îi dădu drumul din brațe; și cum pisica nu mișca, ridicându-și fața de bandit spre ea și privind-o întrebător cu ochii galbeni de pirat, Holly bătu din picior: Am spus s-o întinzi. Pisica se frecă de piciorul ei. Am spus să te cari de aici! strigă ea, sări înapoi în mașină și trânti ușa: Dă-i drumul, spuse ea șoferului, dă-i drumul, dă-i drumul.

Eram uluit.

— Zău că *ești*. *Ești* o ticăloasă.

Am mers cam până la colțul următor înainte ca ea să răspundă.

— Ți-am spus. Ne-am întâlnit într-o zi lângă râu; asta-i tot. Suntem două ființe independente. Nu ne-am făcut niciodată nici o promisiune. Niciodată nu... spuse ea și vocea i se sparse. Un tic nervos și o paloare bolnăvicioasă îi apărură pe față. Mașina se oprise la stop. Holly deschise portiera și o luă la fugă pe stradă. Am fugit după ea.

Pisica însă nu mai era la colțul străzii unde o lăsaserăm. Nu era nimeni acolo, în afară de un bețiv care urina și două călugărițe negrese, care conduceau un grup de copii ce cântau cu glasuri de îngeri. Alți copii ieșiră în pragul ușilor și câteva femei se aplecară pe ferestre ca să o urmărească pe Holly, care alerga de acolo-colo pe stradă, strigând:

— Hei, pisică. Unde ești? Vino-ncoace, pisică.

Și a ținut-o tot așa până când un băiețaș bubos ieși la vedere, legănând în mână un cotoi bătrân, pe care-l ținea de ceafă:

— Vreți o pisică nostimă, do'n'șoară? V-o dau la un dolar.

Limuzina ne urmase. Holly mă lăsă s-o trag spre ea. Lângă portieră, șovăi; se uită dincolo de mine, dincolo de băiatul care tot îi mai oferea pisica („O jumate de dolar. Douăzeci de cenți, douăzeci de cenți nu-i mult"), se cutremură și trebui să mă apuce de braț ca să se țină pe picioare.

— Vai, Dumnezeule, chiar aparțineam unul altuia. Era al meu.

Atunci i-am făcut o promisiune, i-am spus c-o să mă întorc și o să-i găsesc motanul.

— O să am grijă de el, îți promit.

A zâmbit. Zâmbetul acela nou, lipsit de veselie.

— Dar cu mine ce-o să se întâmple? spuse ea în șoaptă și se cutremură din nou. Mi-e foarte frică, amice. Da, în sfârșit mi s-a făcut frică. Pentru că s-ar putea s-o țin tot așa la nesfârșit. Să nu știi că ceva e al tău decât după ce te-ai descotorosit de el. Inima roșie e nimic pe lângă asta. Grăsana e nimica toată. Dar asta însă... Mi-e gura atât de uscată, că n-aș putea să scuip nici ca să-mi salvez pielea. Se urcă în limuzină și se lăsă pe banchetă. Hai să mergem, îi spuse șoferului.

DAMA LUI TOMATO A DISPĂRUT. Și: ACTRIȚA AMESTECATĂ ÎN TRAFIC DE DROGURI E PRESUPUSĂ A FI VICTIMA GANGSTERILOR. La scurt timp după aceea, presa a relatat: ACTRIȚA DISPĂRUTĂ A FOST VĂZUTĂ LA RIO. După toate aparențele, autoritățile americane n-au făcut nici un efort s-o aducă înapoi și în curând scandalul s-a stins, ajungând să fie menționat doar în treacăt la rubrica faptelor diverse. O singură dată a mai apărut o știre, reînviind o clipă afacerea: în ziua de Crăciun, când Sally Tomato a murit de un atac de cord la Sing Sing. Lunile au trecut, apoi iarna, și nici o veste de la Holly. Proprietarul casei i-a vândut bunurile abandonate, patul cu cuvertură de satin alb, tapiseria, prețioasele ei fotolii gotice; un nou chiriaș s-a mutat în apartament, îl chema Quaintance Smith și dădea petreceri pentru tineri domni la fel de zgomotoși ca și cei de pe vremea lui Holly, deși acum madam Spanella nu se mai plângea, de fapt îl adora și îi procura fleici de vacă de câte ori avea un ochi învinețit. În primăvară a sosit o carte poștală: era mâzgălită cu creionul și semnată cu un sărut desenat cu ruj de buze: *Brazilia a fost oribilă, dar Buenos Aires e formidabil. Nu chiar Tiffany, dar pe-aproape. Sunt încurcată cu un $enor divin. Dragoste? Așa cred. În orice caz, caut o casă unde să locuiesc ($enor are nevastă și 7 plozi), îți dau adresa când o aflu și eu.* Mille tendresses.

Dar adresa, dacă a existat vreodată, n-a fost trimisă niciodată, lucru care m-a întristat, pentru că erau atât de multe lucruri despre care voiam să-i scriu: că am vândut două povestiri, că am citit unde are loc divorțul celor doi soți Trawler, că aveam să mă mut din casa de piatră pentru că era bântuită. Dar voiam mai ales să-i spun despre pisică. Mă ținusem de promisiune: o găsisem. Mi-au trebuit săptămâni de căutare, în care, după orele de lucru, am rătăcit pe străzile Harlemului Spaniol; de multe ori a fost alarmă falsă: câte-o blană tigrată trecând fulgerător și care, la o cercetare mai atentă, se dovedea a nu fi el. Dar într-o zi de iarnă, o duminică rece și însorită, l-am găsit. Înconjurat de ghivece de flori și încadrat de perdele curate de dantelă, ședea la geamul unei camere care părea caldă și plăcută. M-am întrebat ce nume o fi având, căci eram sigur că dobândise în sfârșit unul, eram sigur că a ajuns în locul de care aparținea. Fie că e o colibă africană sau cine știe ce altceva, sper că și Holly și-a găsit locul ei.

În colecția TOP 10+

au apărut:

01. Vladimir Nabokov, *Lolita*
02. Jorge Luis Borges, *Aleph*
03. Bernhard Schlink, *Cititorul*
04. Norman Manea, *Întoarcerea huliganului*
05. Amos Oz, *Să cunoşti o femeie*
06. Philip Roth, *Complexul lui Portnoy*
07. Dan Lungu, *Cum să uiți o femeie*
08. F.M. Dostoievski, *Jucătorul*
09. Dino Buzzati, *Deşertul tătarilor*
10. Aldous Huxley, *Minunata lume nouă*
11. Haruki Murakami, *Pădurea norvegiană*
12. Florina Ilis, *Cruciada copiilor*
13. Ian McEwan, *Inocentul*
14. José Saramago, *Toate numele*
15. Ioan Petru Culianu, *Jocul de smarald*
16. Saul Bellow, *Iarna decanului*
17. Tracy Chevalier, *Albastru pur*
18. Filip Florian, *Degete mici*
19. F. Scott Fitzgerald, *Marele Gatsby*
20. Kazuo Ishiguro, *Să nu mă părăseşti*
21. Mihail Bulgakov, *Ouăle fatale • Diavoliada*
22. Gabriela Adameşteanu, *Dimineață pierdută*
23. Umberto Eco, *Numele trandafirului*
24. D.H. Lawrence, *Fii şi îndrăgostiți*
25. F.M. Dostoievski, *Idiotul*
26. Mircea Nedelciu, Adriana Babeți, Mircea Mihăieş, *Femeia în roşu*
27. Michael Cunningham, *Orele*

28. Michel Houellebecq, *Platforma*
29. W. Somerset Maugham, *Vălul pictat*
30. Jorge Luis Borges, *Cartea de nisip*
31. Simona Popescu, *Exuvii*
32. Julio Cortázar, *Șotron*
33. Haruki Murakami, *În căutarea oii fantastice*
34. Mika Waltari, *Amanții din Bizanț*
35. Dan Lungu, *Sunt o babă comunistă!*
36. Mihail Bulgakov, *Inimă de câine. Însemnări pe manșete*
37. John Fowles, *Colecționarul*
38. Dai Sijie, *Balzac și Micuța Croitoreasă chineză*
39. Cecilia Ștefănescu, *Legături bolnăvicioase*
40. Giovanni Papini, *Un om sfârşit*
41. Edgar Allan Poe, *Cărăbuşul de aur și alte povestiri*
42. Ismail Kadare, *Generalul armatei moarte*
43. Daniela Zeca, *Istoria romanțată a unui safari*
44. John Fowles, *Iubita locotenentului francez*
45. F.M. Dostoievski, *Frații Karamazov*
46. Ian McEwan, *Amsterdam*
47. Petru Cimpoeşu, *Simion liftnicul*
48. George Orwell, *Ferma Animalelor*
49. Ilf și Petrov, *America fără etaje*
50. Haruki Murakami, *La capătul lumii și în țara aspră a minunilor*
51. Cătălin Dorian Florescu, *Zaira*
52. Charles Bukowski, *Femei*
53. Jack Kerouac, *Pe drum*
54. N.V. Gogol, *Mantaua • Nasul • Însemnările unui nebun*
55. Nora Iuga, *Sexagenara și tânărul*
56. José Saramago, *Evanghelia după Isus Cristos*
57. Marguerite Yourcenar, *Ca o apă care curge*
58. John Kennedy Toole, *Conjurația imbecililor*
59. Filip Florian, Matei Florian, *Băiuțeii*
60. Michel Houellebecq, *Particulele elementare*
61. P.G. Wodehouse, *Greșeala lordului Emsworth*

62. Cezar Paul-Bădescu, *Tinereţile lui Daniel Abagiu*
63. F.M. Dostoievski, *Însemnări din subterană*
64. Iris Murdoch, *Marea, marea*
65. Günter Grass, *Toba de tinichea*
66. Oscar Wilde, *Portretul lui Dorian Gray*
67. Horia Ursu, *Asediul Vienei*
68. Elfriede Jelinek, *Pianista*
69. Jonathan Coe, *Clubul putregaiurilor*
70. Paul Auster, *Sunset Park*
71. F.M. Dostoievski, *Demonii*
72. Haruki Murakami, *Dans dans dans*
73. Radu Aldulescu, *Proorocii Ierusalimului*
74. Jorge Luis Borges, *Istoria universală a infamiei*
75. Daniel Pennac, *La căpcăunii veseli*
76. Chuck Palahniuk, *Fight Club*
77. Elif Shafak, *Bastarda Istanbulului*
78. F. Scott Fitzgerald, *Cei frumoşi şi blestemaţi*
79. Ştefan Agopian, *Tache de catifea*
80. Lev Tolstoi, *Anna Karenina*
81. Sylvia Plath, *Clopotul de sticlă*
82. Matei Vişniec, *Sindromul de panică în Oraşul Luminilor*
83. Franz Kafka, *Metamorfoza şi alte povestiri*
84. Tracy Chevalier, *Fata cu cercel de perlă*
85. Arturo Pérez-Reverte, *Tabloul flamand*
86. Kazuo Ishiguro, *Rămăşiţele zilei*
87. Varujan Vosganian, *Cartea şoaptelor*
88. Jorge Luis Borges, *Relatarea lui Brodie*
89. Ioan Groşan, *O sută de ani de zile la Porţile Orientului*
90. Truman Capote, *Mic dejun la Tiffany*

în pregătire:

Naghib Mahfuz, *Băieţii de pe strada noastră*

N.V. Gogol, *Suflete moarte*

www.polirom.ro

Redactor: Ioana Filat
Coperta: Laurențiu Midvichi

Bun de tipar: octombrie 2012. Apărut: 2012
Editura Polirom, B-dul Carol I nr. 4 • P.O. Box 266
700506, Iași, Tel. & Fax: (0232) 21.41.00; (0232) 21.41.11;
(0232) 21.74.40 (difuzare); E-mail: office@polirom.ro
București, Splaiul Unirii nr. 6, bl. B3A, sc. 1, et. 1,
sector 4, 040031, O.P. 53 • C.P. 15-728
Tel.: (021) 313.89.78; E-mail: office.bucuresti@polirom.ro

Tiparul executat la S.C. LUMINA TIPO s.r.l.
str. Luigi Galvani nr. 20 bis, sect. 2, București
Tel./Fax: 211.32.60, 212.29.27, E-mail: office@luminatipo.com

---

Contravaloarea timbrului literar se depune în contul
Uniunii Scriitorilor din România
Nr. RO44RNCB5101000001710001 BCR UNIREA